胡曼荻文丛
Youth Unique

青春独有

胡曼荻 著

上海文艺出版社

书　介

《青春独有》是美籍华裔作家胡曼荻的青春美文集,里面收录了作者和青春有关的散文。优美的文字,独特的视角,记载着作者从豆蔻女孩到情调女人的心绪柔情。曾有的青春,正经历的青春,向往的青春,逝去的青春。青春有梦,青春有情,青春有笑,青春有哭,青春有泪,青春有悔,青春有憾,青春有甜蜜,青春有柠檬,青春有那朦胧的一线情思,青春有永不停息的悸动。青春逝在指尖,却永驻心中。流金岁月的文字,会触动缕缕青春萌动的神经。本书亦为系列文集胡曼荻文丛之五。此文丛,包括美国纪事《白宫有请》、青春美文《青春独有》、散文集《爱之智慧》和新加坡纪事《狮城梦萦》,以及中短篇小说集《归去来兮》,由上海文艺出版社于2015年全集出品面世。

Introduction

Youth Unique is a collection of essays by Mandy Hu, a Chinese-American writer living in the United States. Beauti-fully worded and reflecting Mandy's unique perspective, Youth Unique records the author's thoughts and feelings from her youth through her transformation into a graceful woman. Just as youth disappears from the finger tips but remains forever in the heart and the soul, Youth Unique allows the reader to reminisce about his or her past while meditating deeply about the present and the future.

目录

1 序一
1 序二

部一 女孩·花季

3 独有
7 女孩迷花
11 迷濛时光
15 亦为女孩
19 生来如此
24 亲情无价
30 寻找感觉
34 缘与命
38 有朋友的日子
47 中国女孩自序

部二 女生·湿季

61 流苏四季
65 雨季的期待
69 也过愚人节
79 感时花溅泪
83 逃之夭夭
90 还泪日
96 美丽的过程
99 瑰美如伊
102 南开一网情深

部三 女记·风季	107 所谓记者
	118 写字的困惑
	122 菊开在秋
	127 随处安身
	130 共享屋檐
	134 迷糊
	138 燕来兮
	141 明星凡童
	149 陈道明之嘎
	151 一面之缘刘德华

部四 女游·闲季	157 流荡北京
	160 以证取人
	163 圣邸幽水
	166 提篮桥
	168 绳拦
	170 夜遇
	173 蛮民
	175 情人锁
	178 海之迷恋
	180 静谧小站

部五 女青·平季

- 185 都市尴尬
- 187 虚华贵
- 189 九把锁
- 191 蹭凉
- 194 观天
- 196 拆小
- 198 聆听
- 200 白领城堡
- 203 单身贵族
- 208 别墅

部六 女子·梦季

- 213 情调女人
- 218 平安象
- 220 新年心情
- 223 幽之默
- 225 掉链子
- 228 解命
- 230 霉屋
- 236 豫语乡音
- 240 重回北京
- 243 昨日重现

- 249 跋

序一
胡曼荻的三言二拍

文/蒋子龙[①]

许多年前西人到中国来可以写一部《西行漫记》,近三十年来中国的人和钱,一峰接一峰行情和热情空前高涨地涌向美国,为什么不可以有一部《东行漫记》?不想这一壮举被旅美华裔女作家胡曼荻完成了。

书分五卷,第一站是新加坡,明明是向东走,最后却落脚在属于西方的美国。这就是圆形地球的妙处,闯来闯去都离不开一个圆。但圆

---

① 蒋子龙:当代著名作家,中国改革题材文学奠基人,原中国作协副主席。代表作有《机电局长的一天》、《乔厂长上任记》、《赤橙黄绿青蓝紫》等。

跟圆不一样,谁的圆大,视野就开阔,经历也是财富。

美国是说不透的,这正是有关美国故事的魅力所在。因此美国是说不烦、说不厌的。美国梦不只是美国人在做,它似乎也是为其他国家的人所准备的。比如去美国寻梦的中国人无以计数,包括国内一些顶级明星,怀着奥斯卡情结一个个出出进进于好莱坞的梦幻世界,数十年过去了,他们可是寻到了美国梦?还是仍未进入梦境?抑或是美国根本无梦,即便有也已梦碎?且听胡曼荻一一道来。

因她在大陆的北方和南国都做过大报记者,锤炼了感觉和文字,书中有亲历亲为、眼见为实的真切与自信,有解梦和说梦者的从容与冷峻,再伴以女性独有的清灵与智趣,读来意象丰富,可感可信,不失为大梦时代的"三言二拍"。

2014 年 6 月 10 日于天津

序二
了不起的"小伊"与"曼荻"

文/周湘华①

最近,吸引我两次走进影院观看的同一部动漫大片叫《疯狂的原始人》,而每晚令我手不释卷的长篇小说,则是被业界称之为《北京人在纽约》续本的《美漂》。

"小伊"是《疯狂的原始人》中的女主角,她是原始人"咕噜"一家六口中的大女儿,为躲避野兽袭击,为全家人安全地活下去,她与保守僵化恐惧一切改变的老爸"瓜哥"及其他家人一起,日复一日,年复一年

---

① 周湘华:资深报人,其作品曾获中国副刊年度金奖、中国新闻奖。其参与创办了天津第一张都市报,并曾长期担任该报副总编辑、常务副总编辑。现供职于天津日报传媒集团。其出版有作品集《四十说惑》等。

地穴居在没有一丝光线照进的山洞里。然而,小伊却觉得这样"一成不变""了无生趣"的生活不叫"活着",在某次与老爸的冲突中,她终于爆发了,痛心疾首地喊道:"我们现在这不叫活着,这只是没有死去。"于是她不顾及未知的风险,不贪恋现有的安全,不以"大多数人都这样被恐惧与风险束缚而安于现状"为自己开脱,追逐着头顶倏忽一亮划破黑暗的一星火光,奋不顾身地从"一成不变"的穴居环境中逃离。其实,在郁闷的现实面前,谁没有一颗想逃离的心呢?

当你的人生被层层桎梏所捆绑,当你从一个对未来满怀奢望与憧憬的叛逆少年,终于被现实的重锤磨碾成一个麻木不仁,时刻准备为五斗米折腰的唯诺中年,在每一个感到难以忍受的时刻,谁没有过不顾一切欲从现实的"牢笼"中"越狱"的本能冲动呢?

然而,我们都是理性的现代人。我们都有太多的现实贪恋,太多的风险顾忌。只能想想罢了!真正付诸行动,真正从"一成不变"中抽离,注定会被这个世界的大多数视为彻头彻尾的"抽风"行为。

可是,曼荻却绝不会是这大多数中的一员。

因为,她是"小伊"精神上的孪生姐妹。为了找寻体验比当下更丰富饱满更自由不羁的生活,她一次又一次从经年打拼的生存环境中逃离,迎着各种不解的眼神与未知的风险,奔向远方那一个又一个传说中的海阔天空。

在这个世界就是地球村的时代里,无疑,已有越来越多的"漂"族加入了"小伊"的队伍,他们是"京漂"、"广漂"、"海漂",抑或是"曼荻"新近推出的长篇小说中的"美漂"。

看到银幕上的"小伊",莫名其妙就会联想到现实世界中的华裔作家"曼荻",或许是因为她们都有女人身上罕见的勇气、胆识与果断,都有那种为了找寻远方不曾体验过的丰富、新鲜与广阔,敢于舍弃自己曾奋力打拼出的赖以寄身立业的一切,决绝地从沉闷、单调、无趣的生存中抽身逃离的纵意所如、逍遥自在。她们都追求要"怎么活",而不仅仅是"活着",她们都懂得贫穷不仅仅是饥饿、衣不蔽体和没有一丝光线的房屋,人生还有一种贫穷是从未体验过丰富多彩新颖有趣,一辈子过着一成不变的生活。她们所逃离的,正是包括我在内的大多数凡夫俗女所深陷的,她们所难以忍受的,正是我们这些将人生缩减成单位与家庭两点一线的惰性庸众,得过且过习以为常的。

人大概都会被自己身上所缺乏的一些东西所吸引。

二十多年前,我与胡曼荻从同一所大学毕业,分配至同一家新闻单位,作为外地人住进同一栋简易宿舍楼,那个长发抵肩、低调行事、孤傲神秘的新乡才女,便吸引了我的视线。那时她沉默寡言而又独来独往,神龙见首不见尾,似乎即便被世俗遗弃亦满不在乎,见人只是简短寒暄,然后温婉歪头一笑,便即刻沉醉到自己的文字世界中去了。那时她写经济报道,与满眼枯燥乏味中规中矩的财经文章迥异,她笔下描摹经济的文字亦充盈着丰沛的灵性,散发出鲜明的个性,不羁的才情与见识均令我刮目相看。

很是奇怪,面对这样一个才华四溢的同事与同龄人,我这个热爱世俗的女子,却从未心生过丝毫的在意与不快,有的只是发自内心的喜爱与欣赏,我由衷地希望更多的人像我一样推崇她,分享她那些灵气与悟性十足的文字。

我们因彼此个性的差异而相互吸引,越走越近,最终成为甘苦与共携手成长的闺蜜,友谊保持二十多年而不疏离褪色,我想是由于我们骨子里本是同一类人:坚守传统却又有点叛逆,敏感善良而又有自己的原则与底线,宽容慈悲却又不愿失去自己的个性。更重要的是,在文字与朋友面前,我们都有一颗纯粹的赤子之心。那时,我们有一个共同的朋友遭遇不测,很多人都远离了,后来我才知道,天各一方的我俩都在以各自的方式帮助着这位不幸的老友。

而"曼荻"如同"小伊"一般,终于奋力登顶生命巨树,幸运领略到了满天星辰与灿烂银河的壮阔图景,并如愿以偿完成了从文学爱好者到知名作家的华丽转身,我以为除天赋外,还得益于她愿为梦想付出一切代价的勇气与魄力。不管现实世界要舍弃多少,让梦想成真!

这恰是"小伊"与"曼荻"了不起的地方。

亦正是包括我在内的大多数庸常之人难以企及之处。

最近一次见面时,曼荻淡淡告诉我,当时之所以断然逃离待遇很不错的北方媒体,是因为她厌倦了日复一日写那些枯燥无味束缚自己灵性的财经文字,后来又抽身逃离南方某大报,是因为发现自己又走进了另一种"一成不变",最后逃离许多人向往不已的新加坡,是因为在美国找到了自己的真爱——英俊宽厚的丹尼尔先生。

我问:当你每一次逃离时,想到必须要舍弃的丰厚收入、医疗保险,想到还要赚钱养家,养车养房,要顾忌这个人的想法,要照顾那个人的身体,你就没有过纠结与退缩吗?多数人想想这些,就会心虚了,胆怯了。决定让梦想永远在梦里待着算了。

她反问:那样的活法有意思吗?

对咯,这就是那个能写出长篇《美漂》能活出精彩奇迹的曼荻了。

部一　女孩・花季

独 有

部一 女孩·花季

一

　　在夏日的藕荷旁看到碧绿的叶时,常常羡慕为何不能像她们一样有件美丽的外衣,虽然短暂却是脱俗的。

　　有时怀疑一种平凡,平凡得如满世界的树叶而非人人欲摘的荷叶。常常在黑暗中才有自己的感觉,黑暗总伴着一份轻柔,在那份静谧中,没有人注意你,除了你自己。

　　然后知道在那一刻也是美丽的,因为只有自己。独处时对自己轻轻地道一声：并不要管是否有人在乎你。

于是很坦然，才知道自己原来也是美丽的。那份微笑是真心的，那份真诚是永恒的，那份忧郁是独有的，那份无语是羞涩的，还有那荷叶低头的温柔。

总是不要和别人比的，生命的日子是短暂而珍贵的，在短暂中寻找自我的天空是很不容易的。

低头寻找自己的空间时常怨上苍深惠别人而舍不得给自己一份小小的天空。抬头迎着别人友善的目光时，发现世界原本很大，到处是自己的晴空。

于是感谢上苍的一份爱，让每个人都拥有自己独有的美丽。

二

有一天从天桥上走过，看到在天桥的一端，挂着一个红红的东西，在风中无休止地旋着。

有人告诉我，那是风车。永远快乐的风车。它不停地在风中旋转，并不在乎有没有人看它。

不明白为什么在高高的天桥上，在很少有人走动的地方为什么它还那样老老实实地转了一圈又一圈。

说风车爱自我陶醉，它并不在乎别人是否看到它，是否注意它，只要有风吹过，哪怕是极微小的风，也要自娱一番。

突然羡慕它的无所顾忌，羡慕它的真实和单纯，它一生似乎只为了在风中跳自己的舞，没有穷尽。

害怕雨将它打湿而没有永远欢快跳跃的风车，便用一块很大的布将它罩住。外面的风再骚扰不到它,风车也就停止跳舞。看清它,原本圆圆的一个东西罢了。

有人将布拿去,对我说风车全部的美丽就是在风中跳舞。于是又看不清它,只看到红红的一个圆,在风中,很迷人。

只要有风,便永远地转动,转动起来也便有了独有的生命,有生命的东西是最有魅力不过的。

三

有一年夏天,坐船在海上行走。早上便起了大早,在甲板上和许多人一样如孩童般兴奋等待海上的日出。海风涌着浪,拍打着船板。

很久。天从微亮到大亮。没有红红的日。所有的人无可奈何地看太阳,不知怎样便斜斜地挂在远处的天上,灰蒙蒙的,不透亮,叹气。海浪依然向船涌来,一波一波的。没有因日出的反常而安分守己。

小时读一篇《海上日出》,很盼望自己也能亲身感觉红日浮在海面上的壮观。只好叹自己的坏运气,只有摇头。

没有日出的海依然美丽,依然波动。才知万事都有许多的偶然。不该在偶然中便丧气的。太阳每天都要如此升起,只是各种不同的形式罢了。在泰山上冻一晨也不一定就能见到日出的蓬勃状的。却并不因此而说太阳不再升起了。

白天会悄悄降临在身边,如黑夜。

有时会无意中看到意料不到的景。有时刻意地等却终无所获。世上万事如此。偶然的收获会给人意外的惊喜，苦苦地追求而无所得反而会垂头丧气。

才知万事淡泊一些，才会永远快乐的。如海的博大，如日自由地升落。

没有日出的海，也永远的蔚蓝，永远地波动，一如既往地独行独素。

女孩迷花

一

　　捧来一束百合的时候,伊还打着苞,于是便插入花瓶,等待伊开启的温柔。

　　等了很久,终于开的时候,感动。以为花开便是经历了许多的等待。于花是自然,于人则是期盼。

　　仔细地把玩伊时便骇住了。花心中有一条青虫,肉肉的蠢蠢欲动。胃口便倒了。

感怀一丝悲哀。于吾,百合是最纯洁的。漏斗形的花,或红,或黄,或白,在每一个夏季都带来一种柔和,一种涓凉。

然而不能说什么。花是朋友送的,满心欢喜接过来的,因为忘不了朋友善意的目光。送花于我的心情,一定只盼给我带来快乐而万不会想里面有虫子的。许多事便是如此,原本想做好事到头来反倒弄巧成拙很扫人的兴。

知道花开是很短暂的,正如人生。百合亦如此,虽然百合意味吉祥,却知万事都有晦暗的一面。

没有扔掉那束花,等待着那小虫子慢慢死去。

虽然花已枯萎了。毕竟花是朋友送的。

二

花还是枯萎了。这让我很难过。

这年夏天,忽有雅兴,想起养花修性来。在吾,养花是一种奢侈,没有那么多的时间。可这年夏天我很闲。

然而我依然很懒,花想必是干死了。没有记性总忘了浇水剪枝。母亲说我从小便如此,不感兴趣的东西便疏懒成性,遗忘成本。

好冤枉,我喜欢花,对花感兴趣。可是吾之花萎了谢了,无话可说。母亲又说这叫本性难移,后天培养的东西总是抵挡不住骨子里的根。

哪里。只是在慢慢改变自己,对一切美丽的东西学会欣赏,学会接受,可培养不出美丽。美丽总是要悉心护理,关照的。美丽需要时间和精力。

然而依然爱美好的一切。花是在夏天死的,还有秋天的花,冬天的话。吾之夏花是渴死的。吾之秋花和冬花便不会这样。千万不要是涝死了。替吾之花难过,跟着主人很倒霉。

把夏花埋葬,留在土里,且算吾之秘密。

三

已是五月,似乎所有的花都在四月向人炫耀了其光彩,五月的花开已是很普通很平常。

在许多的鲜艳中看到那白白的小花时,有人告之,那便是丁香,代表人生最初的爱的丁香。

是那小小的绝不会引人注目且开在五月的白花吗?这小花居然意味人生最初最纯的情感?

轻轻走近它,也便闻到淡淡的芬芳,不经意地浸入心扉,躲在其中居然有挥不去的感受,说不出。只有静静地望它。

那天刚下了雨。花下有两行清晰的脚印。也许早有人来欣赏过它。但绝不是欣赏美丽,只是静观那一份躲在角落中悠然开放的孤傲。这也便是初爱的悄然?

也许是雨中带了风,小小的花飘洒了一地,要不要用香袋将它们收拾起堆一个花冢呢?后来想罢了,回抱大地才是它们最好的归宿。这可爱的小花,极不小心会带给人们淡淡温馨的小花。

拾了好多片回去,夹在书里。干了的时候装在一个信封里想给最好的朋友寄去。"也许从未有人寄花的,鲜花的寿命总是很短暂的。但有些花则不同,虽然没有生命,香气却是很久的,虽然开得晚了点,却是可以保留一辈子的。你说呢?"这样写道。

后来收拾东西,发现那封信居然躲在一大堆信中未发出,怔了很久,撕开封口,有很淡很淡的遐思盈满小屋。叹口气重又封口,且把这份芳菲留在心底吧。

迷濛时光

第一部 女孩·花季

一

吾说喜欢雨,喜欢在细雨中走动,母亲于是便笑吾是傻孩子。于是告诉母亲永远愿为孩子。

在雨中玩泥巴是孩子的游戏。小时候常拍着手看下雨便欢快地跑出去,踩得双脚湿淋淋的,无奈地接受母亲的轻打。

长大了,母亲不再打我,见吾从雨中散步回来便关切地问:"有什么心事吗?"

没有。母亲。真的没有。

只是喜欢那细雨的情调。欢快的小雨点在你身边跳跃,自然界所有的一切都像从憨态中醒来一般律动着,发出轻轻的敲打声。

一切都静静地轻轻地发生。这是一种和谐!

还有那湿润的空气中流动着的甜美。我喜欢这一份无修饰的甜美。喜欢在雨中放肆地重温幼时的欢乐。

母亲却说不要淋坏了身子。看着身上华美的衣,恍然间觉得自己很大了,必须每日穿得楚楚动人,儿时的无所谓无所顾忌的时代过去了。

长大时才知并不仅仅为自己活着。

于是好多时候不敢走进细雨中。多雨的季节时刻提醒自己出门带着伞。

撑一把伞在雨中漫步也是舒服的。一种做大家闺秀的滋味,一种长大的优越感。

突然,便有几个女孩嬉笑着在身边打闹,快活地奔跑,什么遮雨物也没有。

嬉笑声跑远了,我把伞收起来,母亲不在身边,再做一次爱玩的女孩。

雨意迷濛的季节依然在。

二

突然在一天的早晨便长大了。

是一个小女孩在母亲的指挥下,称呼我为"阿姨"。

开始不知叫谁,看周围无人,指着自己的鼻子"我吗?",帮她捡掉在地上的东西。

她又叫了声"阿姨",这回谢我。

也许我该谢她,谢她让我跨过一个界限。她小小的背影消失时,心中一片苍苍的感觉。

就这样便长大了?

儿时和别人玩时,都争着做老大,并做出一副成熟态,努力使自己摆正脚步,甚至会跟着老人后面弯腰垂背作暮年状。

抬头羡慕那些大人不必"听老师的话做个好孩子"。

长大后才知童年时的欢乐是无忧的。大时即使快乐也是有事缠身的。

几十年的生活如复岩般一点点沉淀,说不定哪一天便会有许多冒上来让你重温旧时月色,然后便慨叹日子终究是一去不复返的,往事却永存心中如影子般一一相承。

无论你走到哪里,幼时的一切便时刻提醒你的来去,搅动你的思绪。

成长的岁月总是那么令人难忘。

长大后便应有长大的价值。记不得小时曾多少次说"叔叔,能帮我……"。

认为大人帮小孩做事天经地义理所当然的。却不知有时的要求是蛮横而荒唐的,然而不会有人骂的,对小孩子总是宽厚的。

童年是任性无虑的。

长大时便知应多一份爱心多一份持重,时刻应想着帮小孩子捡东西。

终于长大了,不知是欣喜还是烦恼,真想知道小孩子眼中的我究竟有多大。

三

又是一个美丽的黄昏。

夕阳远远地躲在树荫后,柔和的光给自然蒙上一层迷人的光泽,一切都变得不可思议起来。

缓缓地走在一个花园中,晚来的心情是说不出的,走在碎石铺墁的斜径更有夕阳的一份遐思,说不清是什么。

定定地看一丸黄色的花苞渐渐展开,展开……

呆了。

小小的一种黄花,花蕊和花瓣都是极精致的,幽幽的一缕芳。

无意中观了花的秘密,原本生命的艳丽是这样开始的。

抬头看到熔金的落日正从树梢间坠下去,只留下天边的一片辉煌。

突然意识到这是黄昏中的花开。

以为黄昏的时候,一切已进入尾声,却不知黄昏对于有的生命却意味着刚刚开始。

记起一句话"夕阳虽然来了,一切都未结束"。

至今都说不清那黄花的名字,只记得那份清新,那份淡雅,那份纤弱和那份黄昏的色彩。

天开始暗下来,于是那黄色的生命在眼前越发的清晰。

踏着原来的路遛回去时,看到远处已万家灯火……

亦为女孩

一部 女孩·花季

一

端了一盆水,急急地想倒掉它,因为还有别的事要做。便有人在后面叫我"你跑什么跑!"才知道女孩不能跑。

坐下来,脱了鞋,将脚放在办公桌的桌棱上,趴在桌子上写东西,这样舒服。我坐在最里面,原以为不会有人理我的。一位同事过来和我谈工作,他低着头看我的脚很久:"看来你不是淑女,这是露原形了。"他自然是笑着说。然而我依然好不尴尬。

女孩是应该注意小节的。小时候,妈便这样训吾。偏吾之耳朵如过风堂,没有这些话停留的地方,所以惹得妈总说吾急急火火,总像要跳油锅一般。

　　有一次等人,是练性子最好的时候,左等右等不来,便急得在原地走方阵,等朋友来,吾一脸大汗了。朋友看着便乐了,其实吾应该坐在原地捧本书,似模似样地读,时不时蹙一下眉,似乎忧心忡忡,做楚楚动人状,才能惹得朋友为其迟到低声下气,道歉不迭。

　　难为做女孩。自以为很有女孩味。现在才知道许多地方做女孩是不称职的。可怜做女孩二十多年居然要从头学起。于是说话轻声慢语,做事轻手轻脚,生怕踩死一只蚂蚁,惹得别人迷惑不解:"怎么这么不大方,做记者哪有这样的?"可怜做女孩二十几年居然对自己该怎么走路,怎样说话都有些怀疑。越发觉得我对这个世界有些惶惑不安了。

　　"你是不是病了?"终于有一天母亲问我:"看你不言不语的。"

　　天!"我开口说什么好?"问妈。

　　"其实你该怎么做就怎么做,不要装腔作势就行,其实你挺讨人喜欢的。"妈明白后哈哈大笑,对吾说。

　　乌拉!感谢妈,让吾茅塞顿开。

二

　　感到一丝难过。妈妈总说吾是一个沉不住气的人。深沉是一种美德,一种品质。吾不行。有什么便急于表达出来。这是一个不好的习惯。我很痛苦却又无可奈何,人是本性难移的。女孩急躁躁地会让人不安,已不止一次地被朋友责骂。原因都在于吾之手忙脚乱。

对于生活是淡然而疏懒的,有洁净的习惯,但懒得做饭,凡事能对付便行。有一段时期,住在单身宿舍,在晚上开饭时间是热火朝天的,每个屋中都有炉子在冒烟,吾之屋却是冰冷的。邻人邀吾和她一起搭伙,摇摇头像躲债一样吓得跑开了。

有一次在屋中赶一篇稿子,写得热火朝天思绪如潮涌时,有人不停砰砰敲吾之门,思维一下便乱了,气呼呼地开门,是邻友做好了饭请吾吃。当时烦透了,嚷了她一通,关上门,努力再寻找吾之思路。这事吾觉得自己不近人情,有些怪毛病,后来专程登门道歉请她原谅。想来自己很滑稽也很苦恼。需要一方净土,但生活在人群中,到处有人关心,爱护,虽有时这种爱是多么不合时宜,让人吃不消。感谢生活对我的厚爱,却又无奈自己的本性。

是一个让人吃不消的女孩,脑子里有时一片空白有时又千头万绪,心情好时话语便如泉涌滔滔不绝,心情糟时便一言不发让人看着莫名其妙捉摸不透好生奇怪。

无意间说出的话,总是无意间触动别人的心事,让人觉得吾有些"鬼气",也许是灵气,不知这一切的来源是什么,这一切又为了什么。对自己很生气却又无可奈何。

母亲告诉吾心不静。

一个朋友则讲了一个故事:两个人同走一段相同的路,一个人遛街似的边欣赏周围环境风景边行路,一个人一门心思赶路一心想第一个到达终点。结局无非有三种:前者先到,两人一起到,后者先到。无论哪一种,后者都会有些不平衡:我这么努力地做事,为什么我们会达到同一个目的地?

人的一生做事总是想达到一个结果，总是希望和别人不要相同。然而生命是宁静而又无可奈何的。人从出生的那一天起便注定只能有一个归宿：平等地站在上帝的面前。人生的许多事最好不要看得太重，追求太多的结果也许只是会得到更多的失望。

不再想为女孩该不该跑这个无聊的念头而烦恼了。

生来如此

第一部 女孩·花季

一

一直都记着那个小孩子,说不上为什么。他的眼睛似乎总在我眼前晃。

是一个夏天,在一个车站的水龙头前看到了他,他揉着一件小衣在一个很破旧的小盆中,就那样使劲地揉,脏脏的脸上被汗划出一道道的印痕,身上一件宽宽大大的衣晃来晃去。

看着他愣了很久。他似乎意识到什么就对我笑笑。突然说:

"我可以用你的这个吗?"他指着我手中拿的香皂。怯怯地问。递给他:"送你吧!"

他笑笑,飞快地用水洗了脸,用那块香皂在脸上涂满了一下,又把小衣用香皂搓了一遍。"给你,谢谢你。"他递还给我。我不接,"说好送你的。你为什么在这儿?"

"我爸妈都死了。"他把香皂塞在我手里,继续揉他的衣服,低着头似乎在回答一个很熟悉的问题。

"那你怎么活?"看着那涌出许多泡沫的小盆,看着他的手不停地揉搓着。"我卖废品。"他似乎很轻松地说。把有泡沫的水倒掉,换了盆清水。他语中已没有胆怯。"你有十岁吗?"迟疑了很久才问。

他没有回答,不知为什么。便有一同旅行的朋友叫我快点准备赶车。把香皂放在他身旁的水池上,什么也没说跟着朋友跑回检票口,很多的人挤来挤去,最后终于排成了一队。

火车带我到一个新的地方。那车站离得越来越远。却依然有一个瘦小的影留在脑中,挥不去。记得他对我笑时那双聪慧的眼挤成一种很怪的形状。

二

过年前回到家的时候家里的保姆正要走。母亲看吾冻得直打哆嗦非常好笑:回家真的不习惯?没有暖气的家依然是温暖的。渐渐地适应了家中的一切:普通、平静、真实而又和谐。

小保姆曾是幼时玩耍的伙伴,不记得她小时候的样子,她也不记得我的模样。我们俩曾一起玩过家家。她很羡慕我又畏惧我。她怯怯地说:"你和过去不一样。"

没想到人会改变这么多。小时候住在乡下的外婆家。她是外婆的邻居,那时她的家道还很兴旺。她的父亲有一个很奇怪的名字,如果从河南的土话翻成普通话便是"厌烦"。"厌烦"能作为一个人的名字,这是刚刚意识到的。当时并不觉得奇怪,因为方言是没有那么多的讲究的。当现在带了满身大都市的文明,回到那个日渐富裕的平原小城时,是很惊奇那里人的名字的。

小保姆的名字叫"春红",这点让人想起唱戏里的丫环。春红高中没考上便留在家里种地,后来很烦便跑进城里做了我们家的保姆。儿时生活的地方是个不大不小的城市,先进的和落后的都让你目不暇接。我对父母生活的这个城市实际是陌生的。幼时学校生活单调而乏味,没有机会玩便离开故土到外市求学。讨厌别人歧视我的城市,但又从骨子里对故土有一种失望。

春红对她的乡村更失望。她对我们家是羡慕而又渴望的,她对我说:"我要是你该多好。"看出她眼里流露的奢望。没有话说。不知人出身的不平等为什么注定人一生生活的轨迹。烦恼。

春红走的那天的晚饭是我做的,饭桌上全家的话题便是她。她似乎并不讨家人的喜欢,全家人都说她懒得出奇,每天的米淘得很粗,饭做得很单调,除此便什么也不干,每天瞪两只眼睛懒懒得打量着别人,母亲感到很别扭。

她每天记日记,经常对妹妹说些"活着真没劲"之类的话,妹妹总是把耳朵锁住后等她不厌其烦地说。妹妹说她很怪。"她总是好像特嫉妒我似的,我每天吃饭特害怕,生怕她在碗中放了什么致痴呆药之类的东西。"妹妹说这些话时一脸的余悸。

过了两天她又回来了,向妈妈借钱说想给她爹买件衣服。她骑一辆崭新的自行车来。妹妹说她很不懂事,让他爹卖了几千斤玉米给她买了那辆车。那车让她装扮得很俗,系了好多大红色的彩绸。

她坐在那里肆无忌惮地吃我们家的东西。这是童年的小朋友,曾在一起念过三字经。愿意她把我的家当做自己的家。然而她看我进屋突然不好意思起来,手忙脚乱地去整理桌子,然后扫地,擦地板。我说:"你歇着吧。"不知这戏剧性的场面会不会加重她心里的负担,让她新年过得不好。和她对话很困难,她总是怯怯地看我,让我感到一些哀愁。这些哀怨总让我想起祥林嫂丢了阿毛后绝望的眼神。渐渐地也有些怕了。

每天都有旧时的同学来找我。过年的一大意义便是大家都有时间满世界搞串联聊天。渐渐开始厌烦起家中的事来。城市的街道都不很熟,每次上街都是别人带着我的。有一次自己去城市边缘的一座新建筑看一个朋友,才知这座城市已变得美丽了许多,大了许多。奇怪的是我依然有一种深深的失望。

春红是不是有和我一样的心情不知道,生存的意义仅仅是为了活着是很可怜的。然而活着的一切追求最终葬入坟墓便烟消云散了,谁又在乎死去的人呢?一切桌面的祭奠语都是无济于事的。我很幸运自己不是保姆,除此,我还有什么好骄傲的呢?

写这些时,忽然觉得《独立宣言》上的"我们生来平等"离我们都那么远。

三

当站在外公的墓地前时,又听到了天籁中的战栗声。对生死的意义已看得很开。活着便是努力地做事情,死去才应该求安静。从这块泥土地,回到父母生活的都市,又回到自己生存的都市,觉得这一切都是不可思议。当拼命地摔打自己的脑袋想摆脱凡尘的因果时,知道自己是荒唐的:永远拥有过去,未来是 X。未来是可以一手改变的,过去只有默默承认,静静地回顾。

拥有的东西总是持续地在脑中闪过,想摆脱的任何努力都是徒劳的,唯一不变的是不韧的意志。已习惯对自己说:无悔人生。然而真正痛苦的事很多,并且常常让我觉得自己很傻,怎么了?

坟墓在土地中已失去了它凸出的一部分,变得平平。外公死去时母亲心痛的表情在她面颊已渐渐淡化了,每年正月的祭奠已成了例行公事。死去的灵魂常常打扰着活着的心灵这是一件很不公平的事。有些人活在别人的盛名下忘乎所以,有些人惨淡一生又心静似水。外公一生求静,我想他不想再让母亲的心不安。

田埂上流散了许多草叶。已很久没有到农村来,看庄稼和看尘土。很小的时候我还在这里玩,到河里洗脚。河已被填得平平的,盖了好多的房子。人求生的欲望很强烈,空间对人来说,有时是狭小的。对于生死的界限和意义,我有很多怀疑,那种无果的感觉总让吾产生许多莫名其妙的难过。这世界的一切有时对于吾是一些理不清的头绪。

亲情无价

一

买机票时在电话栏里填的是哥的电话,总想万一飞机打滚成浆时保险公司就能最先通知哥,便可把巨额意外保险赔款留给哥,然后他会化悲痛为力量孝敬妈和爹。

在家里最喜欢哥,对父母敬意另提,然而儿时和我打架最多的亦是哥。

印象里哥极专制,作为长子曾称霸家中,很小时候便支使比他小的替他做事,如我。

他常常在前厅坐着,大声叫我去后屋给他拿书,有时我不乐意便不想做,他便开始喊一、二、三,只要数到三,我仍不干便挨打。

怕他的拳头,常数到二便撅着嘴开始执行他的命令。

开始想起来反抗他的暴行是上高一时,考上省重点正意气风发洋洋自得,哥则在普通高中念书。

他数到三见我还未动静,便握了拳头做打我状,我急了,捡起脸盆做盾扫帚做矛,乒乒乓乓地和他干起来,哥节节败退,惊恐地看我如一只下山虎般斗志昂扬,继而举起手说投降。

从此哥不再支使我干活,有时心血来潮主动想为他做事,他便有受宠若惊的感觉连连谢我,弄得吾脸红透。

其实想来哥为吾做的事原本要多得多。我曾因功课好是家中的重点保护对象,每天早上哥负责骑车送我上学。妈怕我骑车出事总是叮嘱哥小心,妈一直记得我六岁时贪玩将脚伸进行驶的车轮中被绞得直流血的骇人事,于是哥自以为关系重大总是小心翼翼。

在哥当了几年护花使者后,离开家到北方念大学,哥奉妈之命送我。

他托人买了软卧,那是我第一次坐软卧且第一次离家,兴奋得睡不着。哥在下铺听凭我在上铺乱折腾,开始给我讲许多可笑的故事。我在故事中睡去,醒来时见哥还在讲,很有些神经质的样子。

下了火车哥哥帮我拎两只硕大的箱子,我则空空一身背着小坤包新奇地看着要读书的城市,九月的天。

到了学校时才突然发现哥的后背全湿了,有些淋淋的样子,这才看见哥的面上皆是汗。

哥藏书极丰且不示人，书柜锁得紧紧的，随身带书看，闹得眼睛很不好，便多次警告我眼睛是宝，切不可自己糟蹋坏了。别人看他的书，都是费很大周折，我则常偷了他书柜的钥匙，偷几本书看。

有一次正看得起劲不巧被哥撞上，十分尴尬，以为他会打我，但哥说读书何必要像做贼似的呢，便把钥匙交给我总管，从此把他的书柜翻得底朝天。

离家后哥每次公干来大学看我，总是给我带几本书来。有一次哥带我去王府井书店，买书出来后腹中空空便钻进一小胡同午餐，哥哥点了我最爱吃的鱼，看我从头到尾吃得干净，然后才发现哥什么都只吃一点，他很心疼地看着我的狼吞虎咽状，让我告诉他学校的伙食是不是很糟，我说没有啊只是觉得肚里的油水不够。后来妈便常寄食品来，据说是听了哥说我的馋相，并说我在学校总是吃不够。

家如避风港，在外漂泊久了便总想起从前的事，可是哥打我的日子，真的是永远不复返了。

哥公干时总是白天来看我，然后下午便走，常送他上我校门前的公交车后，便以为万事大吉，从不曾想哥能否买上返家的车票，回家是否顺利。有一次听妈说哥曾在车站徘徊了一夜，因买不到车票，但哥从来不告诉我。

记忆似水。漂泊的心不知何时回到家。把买机票时的想法告诉哥，他拍着我说不许有这样的想法，我们都应好好活着，即使单单为养我们的父母和永远敞着门等待我们归去的家。

心如止水，因为有家。

二

哥哥寄来一封长信,从中国。

他在信中说偶尔翻出我留在家中的箱子,看到箱子里我各个时期的照片和许多的获奖证书,以及我写的一些文章便忽然间感动起来,说他其实以前很不了解我的,现在才知道妹妹的坚强。读得我莞尔又欲泣。

十八岁就离开家到外面求学,上完大学又觉得不过瘾,到国外来寻找世界。其实长大后在家的日子屈指可数,和哥哥交谈的时间更是少得可怜。

然而亲情又怎是言语所能表达的呢?

出国的前两天,哥哥开着车,驶了十三个小时的夜路,从家中赶到我生活的城市送机。

那天下了雨,白色的桑塔纳车子走了十三个小时已是污迹斑斑,哥哥在凌晨三点到达那个城市时,更累得倒头便睡。

天亮的时候,哥哥开始把我几年漂泊在外积攒的东西装上他开的车,满满的,然后他开着车去机场送我。

坐在朋友的车上,在前面看着他的车载着满车的东西,慢慢跟在我们后面,忽然间便想哭了,但泪终于没下来。

候机时,办完一切手续,还有很长一段时间,对朋友和哥哥说,你们回去吧。在我的催促下,朋友陆续走了,哥哥却说要等我上飞机,他才走。

他是需要开车直接回家的,依旧十几个小时的路程。

在上飞机的时候,隔着候机室的玻璃,看着外面的哥哥疲倦的脸,忽然间泪便下来了,其实我一直觉得离别只是短暂的,不可太凄苦,所以一直和哥哥以及朋友说笑,然而刹那间却无法抑制。

掉头上机,在机舱里哭了很久。

哥哥也许也哭了,上机之前看他时,觉得他眼镜后面在反光,然而看不清他的眼睛,只看到他一直向我摆手。

哥哥后来打电话告诉我,在我上机后,他在机场打电话回家,告诉家人我已要起飞,小弟当时在电话那边哇哇大哭。

哥哥来的信许多地方墨迹染开了,怀疑是眼泪的缘故。

只是哥和弟都是男人,怎么能轻弹眼泪,我都很少哭了。

有时候,眼泪不是属于神经的,它属于情。

三

星期日的母亲节适逢护士节,好怪。

真的以为母亲该省些心了,给母亲寄张贺卡,想了半天只写了一句:"笑嫣然,舞翩然。"

不知妈会不会骂我,总以为年轻时母亲一定如白衣天使般圣洁美好。

母亲来信说:"几番去信都无回音,我儿近来怎样?"

不知道该写什么好,家似乎离我很远了。

每次提笔,都不知该告诉母亲什么。不好的事自然不好说,好事还要夸大来说。看着日子从指尖流走,躺在床上暗哭发誓要挽回面子却不敢告诉妈。妈只知女儿从小很棒,却不知彼时已泯然如鼠群,每日只惴惴生活而已。

开始的几封信只是告诉妈过得很好,然而母亲问急了想知道生活的每一个细节,想编些虚信去搪塞妈,后来想好没意思,干脆不写信,只是时时寄几张明信片而已。

写一些大家都能看的东西是拿手好戏,自然骗得母亲心花怒放,每月来长途叮嘱照顾好自己,只有暗自垂泪。

在记忆中母亲未改变什么,回去才发现母亲老了许多,拔了好半天母亲的白发,怎么也没有完结只好丢手,母亲一旁拍我笑我调皮,感觉母亲的笑脸很灿烂很温柔很无奈。那一时刻伤心"东风暗换韶华",不知再过三十年会不会和母亲一样,现在却什么也不敢对母亲讲。

躺在小床上,将一片春光装入白洁的信封寄给遥远的妈,向她老人家道一声安好。床上堆满书,写完信便念个不停,知道献给母亲的只有我挚爱的心。于是融入书,融入外面的世界。

寻找感觉

一

想起做过的许多傻事,最蠢便莫过于找感觉了。无端无故地找感觉。

下雨时看雨丝打窗会伤神,飘雪时看一片片飞舞的白精灵会蠢蠢欲动,观月时会黯然,黄昏时会寂寥,日出时会欣喜。倚着门框,呆呆地看着不知什么地方,没有一丝的感觉,被人重打了一下,"干什么?"愣过以后忙回答:"在找感觉。"

很滑稽。很可笑。

时时地便有了乱七八糟的想法,不知这是不是一种感觉,看着天完全黑下来:"又一天过去了!"全然没有了感觉。

在海边的时候什么也想不起来,呆呆地一动不动如雕塑般坐着,所有关于海的词都想不起来,只有脚下的一片浪花。回来时才知在海边待着有多美:什么也不用想,只要聆听大自然的一切。对自己说:"找到感觉了。"

其实什么也未有找到。曾很欣赏一句词:"无言自倚修竹。"想自己像一个受了气的小女孩,倚在瘦骨伶仃的竹上愣愣地看着远方出神。

灵魂便利了躯体飞来飞去,没有尘世的一切尘土。没有世人的一切麻绪。

可时常便觉得那是一种怪透了憨透了的行为,好笑极了。无缘无故地给自己平添一丝麻烦。时不时地找一丝麻烦——感觉。

没有感觉时才找感觉。以为一切皆因为自己的阅历很浅很浅,看了一些东西听了一些事实便装腔作势地欲与进入。

于是常莫名其妙地笑自己的荒唐。故意寻找一些东西仅仅是因为得不到。得不到时才故意寻找。于是便寻找。

性格中有许多怪怪的过敏东西,平白无故地让自己去寻找一些永远也得不到的东西。得不到的怪思想。

性格中的一切特点总是改变不了的。

二

做了一个梦,自己坐在一架敞口的飞机里在天空轻轻地飞。

许多的白云在身边飘来荡去。白云上有黑色的字：昨天，今天，明天。千奇百怪的云就游荡在身边，伸手可摸，却怎么也抓不住。后来飞机便停在空中不动，许多的白云却消失得无影无踪。

醒来时记起一句话："人生只有三天，昨日已经过去永不复返，今天和你在一起但很快也会过去，明天就要到来但也会消失。"突然浑身汗淋淋的，我怎么没有抓住一朵白云呢？

日子总是在一滴滴地聚集流淌，那一滴滴中是否有许多的眼泪？许多的怪念头便在脑中闪过，觉得也许还未从梦中醒来。

真正清醒时，窗外的天已大亮，抬头观空，没有一丝的云，无论是白云还是乌云。突然很懊丧。

依然的又一天。

只是这天努力做了许多事情，没有让自己闲下来。黄昏时观天，金灿灿的一片很漂亮。今天不是白色也不是黑色的。这样想，晚辉便将我笼罩。在绚丽的五彩的霞光中突然感觉身边有许多的五颜六色的彩环，伸出手，彩环便破了，于是静静地看彩环，感觉到时光就在身边淌着，虽然摸不着。

"不必刻意地去追求什么，只要做了便行。"仿佛听到云空中远远传来这样的话语。

心突然松下来，看着斜阳从天边一点点地坠下去。然而世界依然明丽，五光十色的彩灯将这世界点缀得更加多姿。每个窗口都映着不同的影，是否每个人都坐在光中？

不知晚间会不会再做梦，不知色彩会不会入梦来，时光是有颜色的吗？

时间的河在静静地流，无论是白天还是夜晚，也许夜晚的河床缀满珍珠，会发出更诱人的光泽。然而流走了便谁也再拥有不了。

三

生命不知来自哪里，莫名其妙地便给我一个开始。很多很多的事都已忘记，看着别人说自己的往事时只有干笑：怎么都不记得了？

儿时的事情便是一大堆神态各异的黑白照一切按比例缩小，全然不似现在的我。现在的小孩一个个和玩具差不多，怕手重些便会碰坏他们，不知自己是不是从前也这般地脆弱。

儿时真的那样有趣吗？小小的鞋，小小的袜子，小小的衣服，那么小那么小不相信自己曾那样地穿过。有时便很伤感长大时的浪费。

从前的事情真的没有印象。以为自己该像条河，初时清澈却狡黠，终时经历了许多事虽然浑浊了些却终于流进大海，融入生命——更广博的蓝色生命。这时是宽容的，对于一切已没有了两岸的限制。也许在忽忽的一瞬便汹涌地滔滔消失了。生命悄无声息地离去。

愿像一条河一般干净，自然。来自高山，流入汪洋，也许经历了许多磨难，经历了许多苦楚，但终于便平淡地升华，融入自然。非常非常地平静和无声。河脉是生命的床，恰似躺下时人们的背一般托起生命。

愿自己是一条河，也许很小，也许会被江吞没，被海融汇。然而毕竟也曾有一丝的清冽。

缘与命

一

　　有时很奇怪世界那么大人那么多,自己却和眼前的人相遇相碰,便说这是缘,是命运让我们相逢相知,如果……那么眼前的朋友也便是路人。

　　便说天下没有陌生人只有不相见的朋友,听得别人好开心。

　　世界很大,每个人都在忙忙碌碌地找自己的位置,找到了便坐下,即使错了,还是快快抢下的,因为总比站着好。只是凳子上无钉子才妙。

然而坐下来时不会细看的,因为没工夫,即使有钉子,那种尴尬也只有悄悄埋葬罢了,谁让你近视而又急切呢?坏处又是不能给人说的。

总以为站着保险些。虽然累些却不必干着急。然而谁都想坐下来,坐下来时便觉得别人的椅子更舒服些,于是想什么时候将椅子换一下,享受一下别人的幸福。

于是就有人在自己的椅子上钉钉以防止别人偷换。于是几乎所有的椅子都有了钉子,坐错了便会难受。

但时时有人坐错,所以不快乐的人多些。

二

又一次在街头走,一段路在修,扬起的飞尘直往身上飞。便骑车飞快地过。有一大石头挡在路中央,自己不经意便撞了上去。

便听到有人在旁边叫:"小心!"一个老者对我直叫。还好自己未摔着,看单车惨兮兮地在路边打空转。

那位老人将我扶起来,心中有一种很温暖的感觉,便看到老人的身上开始落下尘土。我说:"不要管我,请您赶路吧!"

他笑笑。帮我推车。"不管走什么样的路,都要稳些,才不会摔跤。"

他对我说。突然便有一种说不出的感觉。我走路从来不老实,所以常常摔跤,有时摔得自己莫名其妙,只好无端地解嘲自己。

老者走的时候,看到他的背有些驼。

不记得他的样子,每每看到别人摔跤时,便想起老人来,便提醒自己切不可笑别人的跌倒。也常常走过去,看能不能帮点什么忙。但是真的已不记得老人的模样,只想起他还说了一句:"不要难为情,任何人都会遇到麻烦,摔跤什么的。"

于是常常无端地便想起了老人来。

三

有时很不明白上苍给某些人的很多很多,给另一些人的很少很少。

在一条街上走路,一个很丑很丑的人在路旁边的垃圾箱中拣着什么,翻出许多东西来捆着便背在身上,一脸的满足状。一个很美丽的女郎,穿着很洁净的白衣从此间走过。满世界的光彩几乎全笼着她,那真是一种炫目的光环。

很丑的人似乎被她的美打动,跟着她后面一声不吭地走着,很久很久,女郎很温柔地回头看了那人,和身边的友人很快乐地谈着什么,拐了一个弯,不见了。丑人看着交叉的路呆了很久。又低头寻找着什么。

他把找到的东西往口中塞着,又有一个很动人很美丽的人从旁边走过,他便冲美丽的人笑,做一脸的怪状,美丽的人吓得远远地绕着跑了。

有一段时期,那是一条我每天都要走的路,每天都看见很丑的人挤着一脸的笑对每个路人嘻嘻。每天从那条路上走过各色的人,有很美丽的也有很普通的。许多的人看着他,有厌恶的有同情的。

　　只感到上苍真的很奇怪,他一定睡着了。他一定很爱睡觉。

有朋友的日子

一

下意识地收拾屋子,因为很不开心,刚刚和人闹了别扭。

从床下扫出一个玩具狗,生肖的狗,记起原本是那人生日时祝吾快乐的。

既祝我永远快乐又何苦惹吾生气?

玩具狗是开口笑的那种,看着它便来气,奋力扔出去。又很不忍。

它原本是没有错的,怎能怪不会开口讲话的它?心疼地走过去,将它的毛展开,再看它,也便释然。

朋友既在一起,总是不免有些闲气。然而朋友总归是朋友,生日时会送你一份欣喜的礼物,闲暇时会让你在悠然中得到一份充实。没有朋友的日子便是没有玩具狗的日子,没有笑和忠诚的日子。

对着那狗轻声说一声:"对不起,原谅我摔痛你。"狗依然地笑。再道一声对不起,因为我曾冷落你,将你扔在床下,因为我曾很忙,没有时间来陪你。

狗依然地笑,它不会因为我曾摔过它而伤心落泪,也不会因我让它蒙上灰尘而怪我。

再不怨那人,有朋友的日子原本不该生气的,因为日子中总有一份真诚,一份牵挂。

二

好朋友总骂我在街上走时即使和她们擦肩而过,也是她们先看到我和我打招呼。"你目中无人。"她们愤愤地说。

每次都解释"不是的。我爱低头走路做沉思状,自然看不见人的。"然后便无奈地笑笑,"这是我的习惯,你知道的。"朋友总是毫无办法地原谅吾。

次多了,自己反而不好意思,走路时便昂首挺胸作巡视状,却偏偏看不见熟人,每一低头的刹那,便听到"嘿"的招呼声。有些惶惶,知道这坏习惯改不了的,常常便很牛自己的气。

只是时时想起来,很想对朋友说:"不要因为我的坏习惯而误会我,好不好?"

有时很难过,自己做一件事的结果总是和初衷差很远很远,主观想得很妙,可客观的结果总令人失望,而且有些事还不好说,越解释越说不清楚。只有默不作声,误会因而更深了。

有时很厌这个社会为什么人总爱揣测,一件事往往无中生有地便让人想得很玄。很奇怪有时朋友之间往往因很小的事搞得很僵,若干日后大家想起来才知原本一切都是误会。误会往往会让许多的人隔离很久。记恨很久。

有一次一个人送一个朋友上火车,说好在"十车厢"寻遍却无人,以为朋友骗了她,很伤心。后来偶然知是"四车厢"时,误会才释,岁月却已过去很多年。

想朋友之间误会难免,只是大家不要多心,多宽容彼此的坏习惯,多半是很好的。

三

做人好难。有两个朋友,他们之间彼此似乎谁也不服谁,莫名其妙地便较上真,倔起犟儿来。偏偏和他们俩均好,夹在中间,不知道该如何去平衡他俩的关系。

他们均是很有才气很有能力的,因为如此,两人便彼此相互有些抵触感,这使吾很诧异,不明白为什么两个有才的人不能平安相处。这不是大将风度。

希望他们能彼此宽容一些。需要和他们共事,我们三个需要齐心协力完成一项工作。必须和每个人都保持一半的距离,这使我活得很累,才能恰好站在他们线之间的中点上。

于是不再强求,知道自己做不来假。于是按自己的方式和他们相处,不在乎他们说吾偏向哪一方,只要求平等。平等地对待彼此。这需要宽容。

彼此忍让一些,一切事都会好起来,愿他们俩能彼此欣赏对方。

四

在吾,许多事是可望而不可即的,而自己又想做得人人皆满意,所以感觉上觉得累极了,有一天才开了窍:"你只能做好一个方面,你毕竟精力有限。"这是一个朋友说的。我相信他,也感谢他。

感谢他使我认清自己。绝不可能在所有的方面都做出成绩来的。曾是一个完美主义者,小时候居然以为自己"琴棋书画"都要研究,都要谙熟,一副大家手笔状。后来的事实才让我认识自己:只是庸人一个凡人而已。

这曾使吾懊丧。很欣赏达·芬奇,他是一个全才,一个让人从头欣赏到脚的人。

达·芬奇是天才。吾不是天才。这是很多次碰壁之后的感觉,也是对自己的忠告。生命的来去原本很短,所以一个人的精力非常有限,而真正能做得来事的也只有几年而已。

清晨是很美丽的,清晨中便感到生命涌动的意义,那时便会对自己充满信心,而拖着一身的疲倦转回寓地的时候,便以为世界的末日到了。也便知道千万不可使自己精疲力竭。做事应有选择。

原本要自己遍交天下友的,后来才知这是很累的,且很荒唐的。匆匆的情谊又何来底蕴去耐心地听你的每一次精心弹奏?

人生觅一同和弦者其实已是很大很大的富有了。

五

有一个朋友,非常仰慕。他告诉我一句话"用人不疑,疑人不用。"看出他的气魄来。对其说:"你能做大人物,我不行,我不能用人,只能别人用我。"可他说:"这不是谁用谁的问题,这是彼此信任的问题。其实每个人都有能力,你相信他才会使自己也产生一种信心,做出一些惊天动地的事来。"

惊诧于他的理论,于是对他更加佩服,也对自己充满信心起来。高兴有这样一个朋友。他并不多谈他自己的事,可吾爱把自己所有的事告诉他,不管怎样,信任他。

有一天从外地回来,中途出了事故,情急之下把所有电话都忘了,下意识地乱按一通,居然听到他的声音,说:"你快来,我不行了。"当时以为脚折了,一点不敢挪动,所有的人都想送我进医院,却不肯。他很快便来了。

"你没有事的!"他的话很管用,吾居然站起来。

"你要相信自己!我相信你会自己站起来的。"他这样说的时候,并不扶我。

走了几步,居然没有一丝疼痛。

明白他的话了。

六

大学毕业时扔了许多东西,唯有一堆宝贝什么似的被我收留,随我飘荡,沉甸甸的。

是朋友们给自己的信。

终于闲下来的时候无意地把信拿出来重新翻阅,往昔便似一条清冽的河,在眼前流淌起来。

于是对生命有一种真实感,岁月仿佛不再缥缈,不再像过眼烟云……

有一天突发奇想,将一封封信从信封中抽出来,粘在一起,居然很厚很厚的一沓,读来如一部大书,一部朋友共同写成的书,为吾。

读来如谈天一般惬意,似散步一样轻松。我们都在用自己的心灵交流,真实而又坦诚。

感谢朋友给我一段珍贵的记忆。每每读起来,心中都有一种很温暖的感觉,一种生命没有枉来的感觉。毕竟自己还有许多的人关注。知道朋友对我的评价,对吾爱护。

仔细地一页一页粘起来的心情是难以名状的,是在整理自己,也是在寻找过去。有些信当时看来颇有些不在意,如今重读竟鼻眼皆塞,一种慨然之感。

对生命已学会了坦然,然而生命总是不能忘记的。有时别人对自己的感觉竟和自我评价完全相反,这使吾发现另外一个我,别人眼中的吾。不知这是好事还是坏事,然而因此而调整自己的行为,希望在所有人的眼中我是统一的:真诚而善良。

于是再次感谢信使我拜读自己,苦恼自己,修正自己。不知朋友写信的初衷如何,信到手中便随我猜测,任我发挥。也许有时大相径庭,但暂且不要管它吧,只要这带来快乐带来遐思和带来永恒的记忆足可。

感谢信使,感谢朋友。有时常想做我之朋友也是最幸福不过的,他们给的东西我这样珍重地保留,让时光永存。

然而信整理完我便将其仔细地封存起来。毕竟往事已过去,过去永远成为自己的历史,历史总不好意思常提的,因为人总有眼下的许多事要做。只是可以偶尔光顾我的宝贝,便可重新闻到淡淡的纸香。

毕竟友情是永恒的。

七

有许多老外朋友,他们的思维总和我们不同,时间长了,也便习以为常,诚交天下友是一件开心的事。

中国文化总是和别国文化不同的。中国人怀旧意识很浓,现实感,实惠感又很强,能将过去和现在完美地统一起来的也许只有中国人了。

大学时有一天西蒙娜塔和劳拉到我的宿舍玩,俏丽的劳拉抱着吉他唱美国人的"乡村之路",漂亮的西蒙则神秘地请我去参加她的生日派队。

这两位意大利朋友人缘极好。走进她们的小屋时地毯上和床上坐满了各国的"老外",用怪怪的汉语谈得热火朝天的。西蒙和劳拉在盥洗室改做的厨房也忙得热热的。

我说:"寿星是不该干活的。"西蒙抬起头奇怪地问:"什么寿星?"我笑笑要帮她做,她推我:"不,不,你们是客人。"

劳拉依然低头干活却叫了声:"照顾我们的中国朋友,"很难为情地一下成了众人的焦点,不过这些见面熟的朋友并不让我紧张,他们有很多怪问题问我。

灯一下暗了下来,劳拉捧着插满蜡烛的蛋糕放在正中的地毯上,烛光映着上面"祝西蒙小组生日快乐"的中国字。"生日快乐。西蒙"充满了小屋。

西蒙吻着送蛋糕的朋友,她的脸因烛光而更美了。我们打趣她快吹,否则就抢了。西蒙搂着劳拉吹完了便滚作一团。不停地有人拍照。

那奶油蛋糕什么味不记得了,只记得西蒙分给众人,自己却将墙角的礼物一一拿起,每拆开一件,便激动地大叫,吻着送礼物的人,并在其耳边说不知什么话。那礼物真多:威士忌酒、居家瓷器、照相簿、耳环……

最乐的是黛安娜送的一双中国小孩的虎头鞋。

"我也有礼物给你们",西蒙满面的激动。

劳拉便源源不断地端进来一盘盘的西点。很漂亮的一块块面包片上抹一层果酱,上面镶着或红色的火腿片,或白色的切开的煮鸡蛋圈,或各色的切得很精致的蔬菜片……

西蒙端着盘子在众人面前摇来晃去:"请吃,请吃。"大家便一块块拿起来吃。"味道好极了。"都不知从哪学来的。

据说这些东西花了她俩一下午,然而在她俩脸上看到的只有兴奋没有倦意。其中有一种很怪的东西,据说是意大利主食——很多的面疙瘩伴着些胡萝卜片,洋葱片和西红柿片。

很奇怪地看着大家津津有味地吃,啧啧地称赞。

西蒙拿出法国白兰地请男士喝,女士们则喝可乐。劳拉抱着吉他在墙角唱一支很缓的意大利情歌,挤眉弄眼感动地瞅着西蒙。

人们都要和西蒙干杯,然后便和我干杯拍照,据说这样才表明是在中国过生日。

西蒙还在端用香蕉、橘子和苹果做的色拉,所有的人都笑着:"够了,不会走了。"

西蒙手一摊,念一句不知什么话,坐在另一角和劳拉对唱。

小屋中的人停止了一切活动,看柔和的光照着她俩的脸,听着似乎是很遥远的歌在小屋中飘荡……

中国女孩自序

部一 女孩・花季

一

　　一个很好的朋友出书了,送吾一本,请吾雅正。赠言是"天下是自己打出来的"。吾没有天下,只有淡淡的和人分享的空间。然而还是感动于他的真诚。

　　不敢想出书的事,虽然那于吾一直是一个理不清的梦。把自己的感觉让别人看是很难为情的。

　　不知道这其中需要多大的勇气。

对于生命,曾有许多不切实际的幻想和期待,失望也便很多,困惑亦与日俱增。于书我是惶恐的,怕书中的情绪影响别人。

对于出书的等待曾似黄昏中琥珀色的天空一样动人和迷蒙不可及。

二

生活在一个书的圈子里,周围都是著书之人,都是名家。忽然便对书有了说不清的悒悒。

小时候曾奉至神明的东西,如今要自己去解释给人家听,做一个布道者就有些为难了,于是便想起曾看到一个纸房子糊得精致至极,自己不小心拿沾唾液的手指将其布满花边的窗户捅开来,才发现里面原本是空白的。

如今自己居然也糊起纸房子来了,那种感觉很奇怪。

三

和一个特殊的朋友坐在一个很俗的地方谈艺术。我们于艺术其实都是玩票者。他玩画,吾玩字。

我们皆说,在艺术中最喜欢舞蹈。因为单纯,不用思考。因为可以看到美,而不用去苦思冥想美。然而舞者的艺术生命最短,这很残酷。

也许人原本是需要一点思想的。他于是便嘲笑起玩文字的人来，说他们太自我，太矫情。他最怕的是有朝一日把他写进我的字中。

觍颜神伤。

四

常常在新加坡想起我在遥远的中国走过的每一个角落。每一次的走动都让神经疼。

有一年在一个边境小城避暑，过了许多山区林人的日子。每天要用一种很好玩的装置自己从地下压出水来，每天可以到森林里采榛子吃。不用看书，不用写字，不用想要赚钱养生。

水出奇的凉，那是度过的最爽洁的一个夏天。皮肤如刚出生时一样滑嫩。

五

终于开始糊纸房子了。那些昔日的记忆，漂洋过海，来到新加坡，便被都市的浮华给弄得凌乱不堪了。很长时间疏于动笔。只有翻看旧时的记忆，剪剪贴贴的，把那些记忆拼凑在一起，我怀疑那是我曾拥有的。

费了很多劲，依旧糊不出一个立体的有点魔方味的房子，只是几块木板而已，丑陋至极。

六

　　一直庆幸自己能用这世界上稀有的象形文字来表述自己的心绪。不知这文字中曾沉淀了多少人的离愁别绪鸿鹄豪志。

　　然而这不是一个玩文字的时段。上大学时父亲监督吾修了商科。他许是看出了文字在这币欲时期是多么苍白和纤弱,多么不堪一击。文字原本是有闲情的豪族用来咏风诵物寄情山水互相攀比的。没有资格去沿袭。

七

　　出生在黄河边。出生于非常之中国。儿时曾去看大禹治水的黄河古道。看那淌了几千年的黄河变得面黄肌瘦,枯恹奄奄。

　　小时候曾读批林批孔和刘少奇是走资派。这是小学课本中有的东西。下一届便不再读这些涩词了。让吾开始玩字是曾写过国旗飘在心中的习作,居然得了什么征文比赛的第一名。从此便有些心仪于文字了,以为自己能写出骇人之文。

　　可笑。

八

　　母亲说她曾有一段时期在吃饭前必须举起红小书念念有词。

记事时已没有这些东西了。

　　她是中国最后的一批红小兵。毛主席的红小兵。毛主席薨去的时刻我还没有上学。看见妈妈哭得一塌糊涂,街上到处放着哀乐,人们的眼睛都像被什么人揍了一样红肿不堪。忽然便感到世界的末日到了。放声痛哭,哭得自己也成了核桃眼。

　　姐姐在用粗粗的铅笔拓毛主席的像,拓完了便用刻刀慢慢地刻出毛主席的像,像剪纸的图案一样。一幅很大很大的毛主席刻像。我们全家把像用镜框装起来,供在门正中,像门神一样。

　　世界没有末日,地球依旧不歇息不知疲倦地绕着太阳转。虽然中国的红太阳已坠落。

九

　　为共产主义准备着,时刻准备着!这是加入少先队时所要宣誓的。我们是党的少先队员。

　　那时在臂上挂着鲜红的三道杠。那是少先队中最高荣誉。手下管着一大批少先队员。我们都为两千年的共产主义准备着。

　　两千年很快就要来了。共产主义离我依然是那么遥远。世界却像乱套了一样。人心似暗香浮动。

　　像一只懒惰的小鼠,躲在一个小岛上远离祖国,看着祖国亲人们在艰苦奋斗,期望着有一天去坐享其成。

十

上学时常常和男孩子比。那时像一个野孩子一样骑着自行车满城跑。

有一天下雪了，地上冰冻了。依然骑着自行车去上学。路上便遇上一个班上的男孩子。我们相视一笑，便心照不宣地拼命骑起来，看谁先到学校。路实在太滑了，许多人都小心翼翼还不时地摔倒。我却固执地以为自己不会跌跤且会率先。忽然间便重重地扑哧在地，龇牙咧嘴地疼。班上的男孩子长腿一踏地，便停了下来，怪笑着将我拉起。

不要和男孩子比。不要太相信自己。

十一

我是班上第一批入共青团的。常常相信中国的组织是世界上最严密的。人才亦是经过了千锤百炼层层拨出来的赤心者。入团后便任团内的宣传委员。

其实已忘了自己还有这样一段经历。只是整理记忆时忽然发现自己很早以前其实就开始摇笔杆子了。为谁？

那时为班上的大家服务。真是一颗热腾腾的红心。甚至以为自己是这世界上最善良最温柔的人，常常为了大家，唯独没有自己。

依然难赢满堂彩。众口铄金。不要想取悦所有的人才好。

十二

中国人将上大学形容为千军万马过独木桥。只有侥幸的寥寥者能走过独木桥,大多数人都不幸落河。

出生时毛主席已意识到自己所说的"人多力量大"其实对中国并不适合,开始强迫中国人精孩简子。我算侥幸活到世上者,又侥幸过了独木桥。

在母亲的意识里,过了独木桥就可以当上国家干部,端上国家的铁饭碗,就可以精忠报国了。

中国人自古便从书中寻找黄金屋,能读书者可一夜跃龙门,光宗耀祖。这也许是中国人的公平。出身卑微者可跻身为显赫之辈,通过苦读圣贤书。

酷热的七月对许多的中国学子的确是整饬和煎熬,不敢想自己在七月的考场上一旦失足会怎样。那将是一条荆棘之路。

从小算是毛主席的红小兵,好孩子,走了一条平平坦坦完完整整的土路。

十三

上大学时依然是免费的。下一届便开始交大学学费。国家把吾侪安排在美丽如画的校园,让我们七八个人住一个房间能充分交流思想,称我们为国之骄子。

然而国之骄子忽的便不满起来,跑到天安门静坐,让戈尔巴乔夫没法去天安门英雄纪念碑献花圈。

那时刚刚上大学一年级。和所有的国之骄子一样热血沸腾,要捍卫一个舶来的女神像。女神像被无情地弄得粉碎,那座美丽的广场一片狼藉,国之骄子为自己的稚嫩付出了代价。

其实那时不知自己在做什么,只是忽然间觉得自己像回到鲁迅先生笔下阿Q想要革命的那个桥段,大家都在剪辫子,我也要去去烦丝了。

阿Q很可怜,吾却很可笑。

十四

大家都在玩命地想出国。每个人包里都有厚厚的英汉词典,每个人都在往脑子里灌输那些不知什么时候才能用上的英文单词。这些词也许对老美和老英们都是一辈子难得一用的涩语。却用来考所谓智商出众者。

可笑后的国之骄子们都有些沮丧,知道自己能做的原本只是考得高分,背些怪词,侥幸者漂洋过海去镀金,不幸者做个安分守己的国家干部。

校园里原本有的学生们勤工俭学开的许多小商业实体店都被关掉了,大家都醒了过来,跑到社会上去看中国刚刚诞生的股票市场,去莫名其妙地欣赏中国的股份制改革,中国的公司制的法制化。

我是学经济的,却看不懂中国发生了什么事,不明白这是原本就该有的还是我们中国人发明革新的。

像西方的工业大革命时期。

十五

开始写些应景文字。做一名记者。曾经向往这份职业。至今也不后悔自己选了这份职业作为社会工作的伊始。

在三年的记者生涯中我看尽了中国的故事。

历史书原本也许也是一帮记者们写出来的,只是那时还没有记者这个词,人们称之为翰林。

知道了记者们的翻云覆雨。虽然我常常想做一个最真实的记录者,但我却时不时地把自己的想法强加于人和把别人强加于自己的想法记录于纸。

于是便懂得什么叫炮制了。

十六

有一段时期写了很多字。甚至写了许多社评。以前看着人民日报社论觉得那是多么的神圣。然而没想到自己也板起一副面孔来写社评了。

常常在一个小时内要写出一篇精辟的社评来。报纸开着天窗等待吾去糊补。为领导对百之信任都快感动得要落泪了。

他们不拿吾做一个刚出炉的大学女生看,而俨然是一位点评中国经济的专家了。

现在常看着那时写出的社评发呆,常怀疑自己何以写出那么庄重的文字来。

作为一个报人,常慨佩金庸那时为《明报》写的东西,包括那预言般的社评。

混了一批报人朋友。

那是一生中很快乐的时期。

十七

其实谈一生还太早。

还有许多人生的事没有经历。

却已感到沧桑。这是与生俱来的忧伤。没有办法。吾是一个倒霉蛋。常常不知自己为何要为那许多不该吾操心的大事蓦然便烦恼起来了,搅着自己神经疼。

在中国走了许多地方。采访很多地方。但那一段没有思维,只想走。走过许多地方。看中国的城市大同小异,看中国乡村的阿Q们快乐地活着。

十八

是在一天早餐时分坐在新加坡的一间快餐店写这些文字的。

面前放着一本新华字典,有许多的中国字忘记怎么写。可以看见窗外的高楼,那是新加坡华人给自己禁锢的窝。

耳边听着店里放着很怪的西方流行歌曲。

便有一寂寞者过来搭讪。一小男生。他用英语说要和吾交朋友,他说看出吾是一个很洋派的中国女孩。他说去过中国的深圳,看过中国的光怪陆离,他说很喜欢中国女孩的保守和认真。

我让自己面无表情冷冷地看着他,搞不明白他在讲什么。心里却知道世界上所有的地方都是过了白天就是黑夜。

十九

把自己的这本所谓的文字集称为《中国女孩》。自己以后也许再也没有心情整理少女时代的感觉。人总是要一天天长大,一天天老朽,终于有一天死去。

这该是些属于散文的东西,在其中我找回了大学时的心情,在中国做一报人的感觉,在新加坡似魇似真的情绪。

这是走过的斑驳印迹。

其实不该搅得别人神经疼。

不知自己以后还要走过哪些地方,还要经历哪些事情,还要见哪些人。生命的魅力也许就在于它的无常不定和永远未知。

遇到一荷兰老人,他一脸的皱纹和善良,他听说吾是中国人,手突然便抖起来,握着我的手久久不肯放松。他念不出吾的名字就叫我中国女孩。

感动自己有一个伟大的祖国,能说一口悦耳动听的华语。中国女孩是一个很好的名字。

二十

喜欢新加坡。从未想到要在新加坡出吾之第一本书。还不太适应把自己曝晒在阳光下让别人看吾一身乱七八糟的光。

突然非常想家。非常非常。想遥远的双亲,吾之兄弟姐妹和我的朋友们。

很奇怪时空的并行。不知道他们在做什么,他们亦不会懂得同一时刻吾在干什么和想什么。

但吾辈都活着。

活着真好。

以此书来奢藏曾经活过的日子。一个中国女孩曾经年轻的心情。

一九九六年五月十二日于新加坡
此文是为第一本书《中国女孩》所做的自序

部二　女生・湿季

流苏四季

部二 女生·湿季

一

　　就这样匆匆挥手告别逝去的岁月。无论如何时光都一天天持续有规律地在眼前消失。留下的痕迹或多或少总让人感到"旧事如流水,烟霭纷纷"。春光正好,然而桃花飞絮里有即将作别青青校园的淡淡的说不清的心情。

　　总觉得大学四载如流苏的四季。

　　大一时的欣欣然懵懂状恰如春来的一切:好奇、兴奋、不谙天高、满面的朝气勃然、周身沸腾的血。春有悄悄亦有芳菲,在春中有过放肆的笑和不经意的伤心荒唐。

夏是最热情色彩最斑斓的季节。大二有夏季美丽的一切,于是傲然畅然疯疯然,快乐地如一个亿万富翁状,让世界羡煞不已,在绚丽的阳光里有各种七彩的梦。

原本夏末便是秋初,驿动的我们却全似再造正身,生命一瞬间似乎便有了全新的感觉。如秋般的凝重笼着大三的心,思考也便无声息的降临;有的为自己盈满累累坚果儿踌躇满志坦坦然;有的为自己的苹果园挂满青苹果而惶惶不安满面黯然。生命的轨迹也便不再单一,每个人都有自己的果园:大的、小的、金黄的、嫩绿的,每个农夫的表情亦不再相同。

农夫终于从异彩纷呈的秋走到了霭霭素洁的冬。大四的世界有冬的繁忙也有冬的悠闲,有冬的诗情画意浪漫多情也有冬的寒风冷霜。然而均在心中焦急地等待另一个春。生命在冬中走过了一个历程有了另一个选择,也许是永生的抉择。在冬季终于有了白雪掩盖下的成熟和另一份激情;世界原本依然美丽。

走过流苏四季方知四季的美丽。春中的怪念头发笑的憨事如泉水般清冽可人,夏里的得意和坦诚真挚如溪水般流畅叮咚。秋的睿智通达已似河水般深沉意广,在冬季我们终于流归大海,带着一身的晶莹。

走过的一切方知珍重。在春夏秋冬我们有失意也有瑰丽,有梦也有诗,虽然悔常常伴随。如果重新走过四季一定会在每个季节都让自己有最美好的花朵和最艳的色彩,那时会说"过了永恒无悔的四季"。

现在只能说:曾走过四季,流苏的四季。楼外又是垂杨千万缕,少住春还去。

二

当蓦然回首时,读到的是无怨的青春,虽然"为伊消得人憔悴"。我们都是生命的过客,在人生的旅途中,有许多的驿站。称自己的南开园为白色驿站,一个溢满芳香,盈满赤橙黄绿青蓝紫的驿站。在挥手自兹去的时候才知自己眼中盈满泪水,无语凝噎。只在心底道一声:别了,我的南开园,别了,我的白色驿站。

然而在心中不变的永远是一份留恋。留恋新生晚会第一次自我介绍时的面红耳赤状;留恋熄灯后燃蜡苦读萨缪尔森烧了帐子的惊慌失措状;留恋第一次拿到奖学金却被朋友大敲一把的心甘情愿状;留恋在新年的钟声里跳得东倒西歪的欣喜若狂状……

留恋像青青的常春藤,缠绕着别离的时光……看到七个着一色服饰的女孩在宿舍前叽叽喳喳地照合影,每个人面上的表情不可名状。才知道分别时的心情是不一样的,却都忘不了彼此赠一句最美丽的祝愿。因为知道大学中的一份友情会伴我们走天涯,终生难忘却,无论走到哪,永远记住的是"我们的南开园"。

初来时的南开园曾让我不知东南西北,作别时依然觉得南开园神秘莫测。南开园每天都在变,伴着我们的成熟。在这个驿站里得到的一切将让我们挂满自信走以后的路。曾和朋友戏称就读的经济学院园楼为坟墓,方楼为墓碑,我们是一群苦行僧,每日在碑上刻字,在墓中修身。现在想起来这僧者的静默单调的生活是多么珍贵,仿佛那些枯燥的日子一天天幻成一首诗,隽永美丽,留在记忆深处，翻出来便流芳满口。

一位教授说生命对于不同的人起点是不一样的，有的人从坑中起步，来南开的却是站在居高点上起飞。留恋中已缀满了感激，对同窗的学友，对自己的教授。留恋中也掩藏着淡淡的遗憾，对学业，对友情。四年的日子在青春中已很长。四年的一切沉在心底挥不去。知道自己的这里度过了七彩的最美好的一段人生。却依然说自己的南开园是白色的，圣洁美丽，时时地变幻成七彩的霓虹。

曾那样渴望地想出去看世界，离别时才发现原本自己的南开园最美，然而去期已近。便想起《论语》中的"往者不可谏，来者犹可追。"留在这里的一切已画上了休止符，从这里得到的一切将使我在未来的日子中微笑面对生活。在这里已得到太多太多，心灵已晶莹剔透，眼睛已恢复平静，透过泪水，看到白色的南开园已模糊……

留恋大学生活。因为在大学走向成熟。不知为什么，想起从前，心中总是酸酸的，想哭。也许身为女孩，情感总是细腻的。为伤心事，为快乐事都想哭。知道日子慷慨地给了许多，也给了许多玩笑。于是哭中便有了笑。

大学的日子也许真的是一去不复返了，很怀念却又很无奈，努力睁眼看一个万家灯火的七彩世界。大学中的梦总是很多很多，大学原本是可以做梦的地方。未来依然是无知的，未知的东西总可以想象得缤纷多彩，绚丽斑斓的。喜欢白日梦。青春逝在指尖，却永驻心中。

雨季的期待

部二 女生·湿季

一

　　那是一个季节,一个无风无雨的季节,在每一分钟都期待远方的你给我一声最淡淡的问候:"你好。"

　　不知这样的日子会不会来,然而一直都在等待,用吾之心,用吾之眼。

　　知道自己再不会把头低下。当汝走近吾。然而日子真的是一去不复返了,总在后悔那有雨的季节,为什么总喜欢低头匆匆行走,是怕雨水弄脏了漂亮的衣服?

新衣脏了,可以换掉的,那颗心却不能换去,于是真诚的心因汝远去而黯淡了。

知道自己错过一个季节,永远不会得到那些日子了。

依然在等待,想自己的眼睛已盈满泪水,晶莹温柔。

已不知自己还能等些什么,季节已不在,日子已远走,却依然在等待,依然记得汝消失在雨中的身影是那么迟疑,多么无奈,真的挥挥手,永远道别。

这个季节没有雨。一切不再阴沉沉的,知道偶尔的天边,也许汝会驾一道彩虹,掬一把远方的芳香,悄悄带来期待已久的问候。

依然记得汝静静注视吾之眼光。

二

懂得等人的滋味了。是一种坐卧不宁的感觉。是被别人拴住了,却不敢动的感觉。无论如何都找不到人出气。

没有思维。所有的画面都被一些期待笼罩,进不到眼帘,进不入脑海,突然便期待画面上出现一个熟悉的影。很怅然的获得一切信息,期待的未出现。

如果有磨盘最好不过,可以推着一圈一圈不知疲倦地转,让脑子停止烦乱,也许听到一声"你好"给自己一个意外欣喜的解脱。

然而看着生命无奈地一点一滴流去,没有任何的感觉,生命原本是这般浪费掉的,突然变得很生气,看着自己无可奈何地叹气,等待是一种美吗?一种心竭力瘁的美。一种蚂蚁旋转的美,一种让人觉得无可奈何的美。

在每一天告诫自己不要让别人等待,不要让别人也做一次蚂蚁,世界上的蚂蚁已太多太多。期待未改变。

无意中的等总让人莫名其妙。

三

把车丢了。寻觅了很久找不到自己那辆很破的车,知道终于把车丢了。很大的校园有了车便可以满园飞的,现在却只能踱步。

丢了好几次都找到了,这回是真的丢了绝对的没戏。不能再穿高跟鞋了,因为要走路。不能再横冲直撞了,因没有了资本。

终于把车丢了,知道从前的生活亦随之丢了。也许这一天的早晨或有些异样。不能睡懒觉,因要走路,不能很潇洒地从走路的人身边飞驰而过荡起一路尘埃。如今也做行路之人。

丢失了才知珍贵,从前风吹雨打浑不怕的,现在只有叹息想自己竟未曾好好地对待。一辆很破的车原本想着没有人要的,却不料竟也被人看上。才知道一件东西的存在都有其独特的价值,对不同的人也是不同的。

车丢了,不知该怎么对爸妈说。想起日本人竟连汽车都会扔掉的,且当自己潇洒一把高消费了吧。想起来总是心痛,才知自己很穷的。

有车的日子很快乐,没车的日子不知会怎样,也许会有另一种快乐。

快乐是自找的,如果一直悲伤会很不合算。只愿有人可怜吾之悲状,悄悄地还回吾之车。

可生活方式也许会从此有一种的崭新。

也过愚人节

部二 女生·湿季

一

吾汝相识在
喧嚷的假面舞会上
吾带一只猫脸
着一色红
汝抹一脸绿斑
着一色白

汝轻拥我的腰

你的姿很雅怎会是猫？

你是什么？

抬着变不成猫的眼

你的音很软不该是猫

你是什么？

吾什么也不是什么也是。

无奈袭上心头

跟着舞曲动

难道

吾把自己丢了……

二

别人告诉吾有朋友自远方来，去车站接，傻乎乎地等了三个小时，所有的人都看吾被夕阳拉长的身影，才突然想起是愚人节的，无端的做了一次愚人。能让朋友快乐一次也是开心的，然而和校园外的人谈起，则茫茫然，也就吾辈这帮吃饱了撑着的校园闲人有闲心过这个倒霉的日子。

记起刚上大一时，愚人节那天恰逢一个绝大多数人不大喜欢的老师上课，便有两个绝人在其上课时逃出，打电话给老师，害得老师正上课时，出去接电话回来喃喃自语道："有人告诉我孩子妈妈的同事从上海来，让我准备，还说了一大堆听不懂的话，干嘛呀！"一脸茫然。

我们低着头直乐,装着很认真的样子听着。

也许这样的日子不会再来了,对于我们的老师,他们都是一种永恒,然后知道我们的心已不再年轻。

重要的,不知压了嘛东西,也许,是一种责任。

三

已没有了那种强烈的,对一切都新奇的感觉。每个人都要长大,只是长大的方式不同,但长大后的心情总是难以名状的。在校园中长大,看着高一级的离去,低一级的进来,看着崭新的面孔一天天凝重起来,看着满园的枯黄焕发着新绿,绿得让人满眼生情时,便又有人告别校园而去寻找另一种绿。

生命真是绿的色彩,在绿意中渐渐长大。

从来没有这样意识到生命的光彩让岁月带去很多很多,有人看着吾:大人了。哇,真的长大了! 自己曾不以为然,只是再不能做调皮状做顽皮状做满不在乎状。生命有时很奇怪,跨过了一定的界限便似乎一夜之间有了全新的感觉,已不是原来的自己了,似乎。

初来时的一切还躲在记忆中的一个角落时时地出来呼唤吾,待要寻找时却又藏得无影无踪,许多恼人和快乐的记忆无意中便会在走过的路上出现,让你觉得那条路很亲切很不寻常,生命最美好的梦留给波光闪烁的南开园了,留给让人仰望的学院了。

那天有个大一的问:"你现在觉得是不是很苍凉很无奈?"

笑着看他,那一脸的期待状。你也会有这一大的,自然会知道。可知吾也曾像你这般大。很潇洒地说,不知是安慰自己还是回答。

可是,从来未像现在这般觉得校园是那样美丽迷人,是那般渴望生命真的有轮回。

四

提了死沉的东西,走过长长的林荫道,便感到空气中迷漫着袭人的朝气。满校园均是崭新的面孔,唯有吾老了。

推开宿舍的门听到老大在哇哇大叫:"我今天去迎新,嘿!那帮新生被我训得温顺得像头小鹿,流泪的小鹿,你们懂不懂?"

"别逗了老大,想想你来的时候不也像头小羔羊吗?你不毕恭毕敬地称那一帮老生为老师?"老二在旁取笑。

"哇,小六回来了。"老大从床上跳下来,帮我把东西放在桌上毫不客气地翻起来,从家带来的大白兔奶糖顷刻间便被瓜分了。

"小六怎么才回来,想死我们了。"毕竟不一样,大四了大家见面异常地亲切。所有的人都热情地围在身边呼长问短的,不以为是大白兔的缘故。

晚上班导师到宿舍狠批了吾迟到一星期,"我不愿在校园当老大。"我老老实实地说。

度过了这也许是一生中最后一个暑期回到学校,便看到大四人的众生相。千姿百态让人目不暇接。有如高考生一般忙碌准备考研的"蚂蚁们",也有抓紧最后时光大乐一翻的"披头士们",人人面上都挂着一副成熟了的面具让人觉得很压抑,似乎不做点什么事便对不起人似的。

跳舞时有人问:"你是大二的吗?"甩手便走,弄得那人很尴尬。不知为何自己那么易愤怒。回到宿舍大家都小心翼翼地彼此挤出许多的笑脸,很有大四人的风度。和和睦睦地度过吧,好歹只剩下最后一年了,这样想着一些小小摩擦似乎都变得无足轻重了。

"我是一只小小的鸟,想要飞却飞不高……"

听着一支歌便听到有人在旁边说:"想飞便飞管他飞得有多高。"

望着那人一脸的凝重,同情地点点头。毕竟是大四了,即将成为"上班族"了,以后便有资格和父母平起平坐了,自然不飞也得飞了。

大四人都从各个位置上退下来,立刻便有大二、大三的人顶着干了,一切并没停止运动,反而更有一番咄咄逼人之势。想着从前也曾有这般的神态便有些感动。

大四了,心也便变得能包容一切了。

五

这是一毕业男生对吾的告白。听得差点喷饭:

昨天开过毕业舞会,才发现我们班的女孩原本蛮可爱的,以前怎么没感觉出来?也难怪,只有老乡来时才讪讪地去找她们给解决临时住宿问题,没事便懒得动,找个借口约她们玩,怪累的。现在想追都来不及,分配得天各一方去演"鹊桥仙"吗？

　　现在的女生可是宝,不逢年过节女生宿舍还上不去。据说某校女生宿舍每月开放一次,届时男生便蜂拥而至,如过江之鲫,喻之为"探监",许多人大叫"不去白不去"。哎,不一样就是不一样,想我们男生楼什么时候对她们关闭过,我们这一帮哥儿们哪个不是整日衣冠楚楚,被子叠得整整齐齐不敢半点松懈？

　　这世道不公平的事太多了,咱哥们好歹能拉上一帮大喝一通大吃一通大谈一通,她们能吗？整日看她们个个饿得精瘦,怪难受的。

　　不过替她们叹息,何必呢？自然美不是最美吗？干吗一个个打扮得花枝招展得让人头晕目眩？据说她们女生宿舍乱七八糟一点没男生宿舍漂亮,她们美的是那体面的外表。

　　不过要说起来,怪难为她们的。天天脸抹得白白的眼涂得黑黑的不知要劳多少神。哎,哪像我们一样"质本洁来还洁去"？捧本书爬起来便可上课去。

　　大学念了快四年了,扳扳指头想:"得到了些什么呢？"有几篇抹出来的文章不知算不算收获。

　　漫步校园发现初来时的许多空地都盖了房子,没有原来的印象,翻翻相册觉得都是无法说的事,又看到大一时第一年的圣诞节一起玩时的蠢憨相。

　　要命的是马上要说再见,谁知道什么时候再能见。惜别中突然想告诉你上面的不知所云,要再见的仁兄见谅罢。

六

这又是一男生告诉他梦中的喃喃呓语：

　　晚上做了一个梦，自己一直在挖一个坑，手都破了，地面依然，满面的泪水。

　　早上便看见许多的人在平旷的地上种树，突然想起真该去种棵树，真该去挖个坑，把所有的不快都埋葬，在上面，充满绿意。然而一直懒得动，所有的意念都被一个词垄断：分配。

　　实习回来，所有的消息都纷至沓来：嘛统分了，嘛不要女生了，嘛只要高个子等等。不要女生和我自然无所谓，关键这个高矮还和分配有关，笑得我直想吐，这年头，一切都变了。

　　后来所有的消息都消失得无影无踪，传播消息的人都不知躲到哪去了。累得听消息的人却一个个趴下了。

　　又有消息来说：只要你有能力，是没问题的，又苦乐了半宿，隔壁的哥们又喝得酩酊大醉，晚上在走廊里大唱，往前走莫回头，唱累了便哭，不知道犯了嘛病。

　　据说大学里一半人都有精神病，怀疑自己也得了这种怪病，不知根结在哪，有时羡慕那些正常的人要死，有时又替他们难过，念这大学连病都不犯一次太冤了，也不知他们所有的情感压在心底活得累不累。

　　看到墙角冒出了几棵绿草心情突然好了很多，天终于开始变暖了，记不起谁说过：世上没有相同的两片叶子，拥有你自己的绿。

　　拥有自己的绿,我们要分到各地方去了,将来落到四处游荡时到处可以落脚也未曾不是一件快乐的事,大学里这一帮朋友真是感情太真挚了。昨天和上铺谈得昏天黑地得折腾到天明,七上八下的嘛都说,害的全屋的哥们全犯了病,一起在旁边掺和。

　　只好把分配忘了,真怪,早上便开始在梦中打毕业论文的草稿,天真好,真该挖了坑,种棵树,要走了,给后人搭片凉荫是最大的希望,让别人也看看咱的绿。

七

很奇怪总有男生要告诉吾他的心思。你得听。

　　把那一袋子书摊在许多被围得红红火火的书摊旁,叹了口气,看六月的阳光毫不客气地亲热着吾,更有几双眼睛在面前眈光,寻宝似的翻着眼前的爱物,心突然被光炙地抖动起来。

　　几张稚气的脸讨好似的看着吾,摸出几张不大的票子为难地对吾笑,又叹了口气,挥挥手便有几个得宝似的捧着书沿着湖颠颠地跑了。

　　也曾似他们,突然觉得他们很年轻自己则老了许多,其实才三年多,怎么仿佛已是隔世?"别得意,明年还不知道轮到谁呢!"突然狠狠地想。

那本最厚的书是喝白水喝出来的,有一真为了练韧性得仙气,居然不想像世人一般整天拎个饭盒到食堂去,喝了两天的白水终于忍不住诱惑,骂着自己"原本俗人一个又何必故作神人",终于重归熙熙攘攘的饭堂,和芸芸众人一般挤来挤去。这样反复地咒自己几次,积攒下来的白开水居然挨得了那本书。

每本书都有它自己的故事,为了买这一堆宝贝费了好多的心思,现在居然不想带走了。

最珍贵的几本已经包好准备带到南方去,眼前的却想找几个继承人了。原本想送给低年级的老乡,后来想他们终一日亦如我一样岂不给他们添麻烦?原本命中注定为旅人,行李还是越单纯越好。

只是命中注定爱书,实在舍不得。一个如吾初时一样快乐的新生儿在吾面前待了很久,挑了几本书:"请你给我签个名好吗?"

吾?受宠若惊。

卖掉他们吧,会有一天,在印着自己名字的书上签自己的名,那时也卖书。卖不掉就捐出去吧!

八

和伊吃了一回下午茶,吓得吾要死,足足是吾三旬的开支。伊笑笑很潇洒地对装扮得像皇族侍卫的侍应生点头。和伊走出那宁和的咖啡屋便有些犯昏不知东西南北,阳光炫得吾看着罩在彩环中的伊呆呆发愣。

据说伊的家是南方某城的首富,伊的用度让我目瞪口呆,真想来生寻一个如伊样的家谨慎轮回暗叹今生只好将就。

那天伊的一位朋友从南方带来许多奇怪漂亮的东西,伊送给吾,吾却不知怎用也不敢用,怕将来一旦上瘾却承担不起把爸爸妈妈骗得精光岂非忠孝难全?

伊的脑袋精明英文倍儿棒"爸爸让俺出去赚老外的钱别对同胞使坏。"那一刻真觉得伊很怪很忧郁很不一般,总不知伊在想些什么伊不大和人交往。

和伊好的说伊够哥们,不喜欢伊的说他"富烧"。

不知怎么说伊正如下午茶一般回味悠长又让人难以消受,这世界本来就有许多怪事最好慢慢不以为奇,这世界有许多新潮也便跟着慢慢适应。

人和人不能比,人比人,气死人,寻找自己的最佳位置最美。

下午茶不是每一个人都能喝,不能喝的人最好别喝。

感时花溅泪

部二 女生・湿季

一

在大学里办了份不大不小的报纸——系报。

由于对文学的痴狂揽了这个差事。做过后才发现责任重大，原来编文章和写文章是不一样的，原来做好一件事是很难很难的。

自己写文章时从不考虑什么，但编文章时考虑的首先便是读者，对每篇文章要句斟词琢，有时为改一文苦思冥想，文章发表时却缀上别人的名字。

知道了排版、画版、校对、胶印,不再疑惑报纸的插图是怎么回事。现在看报纸首先是看版画设计而非看内容,总爱讲文章放在什么地方最重要,版面设计的好还是糟,害得同宿舍的人都跟着我一起犯"职业病"。

办的是份很小的报纸。只在所在的经济系内发行,身边的挚友都很关心,时不时地送来几篇文章。常常在熄灯以后还在改稿子,有一次蜡烛烧了半篇稿,只好讪讪地请别人重写。不过最难办的便是什么胶印费,打字费之类的事情,穷得叮当响,连在一起改稿子都是临时找间教室。

然而乐此不疲。一帮友人天天在一起争该写什么稿子,该怎样改才好。每期报纸出来便闻着那墨香爱不释手,常常呆着半晌。懊悔当初若是那样排,报纸岂不更生动好看些?又想着下期该怎么画版才好。

从前看巴金的《家》,有一段写觉慧为了连夜赶稿子来不及和鸣凤谈心,鸣凤才有时间自杀了。现在想自己改写稿子时也有些六亲不认。

不过"衣带渐宽终不悔"。现在觉得大学生还是做件自己力所能及的事好。当蓦然回首时,读到的是无怨的青春,虽然"为伊消得人憔悴"。

二

最怀念的依然是大学的校园。于是便回去。

很巧,和老师相撞。非常不好意思,不过在老师面前自然无话不谈,说起从前的事,觉得很有趣。老师已把吾当作朋友而非学生。然而吾知道依然应恭敬一些。把自己的名片双手送给老师,更是有些羞涩,唯恐老师笑吾。

更巧,遇到故友,毕业后依然读研究生的。彼此似乎已有很大不同:他们念书我工作。心情是不一样的。有些失落感,又有些自立感。生命只能选择一下,路该怎么走就怎么走。

借了他们的证去图书馆,有些惴惴不安,生怕被逮住后好没面子。馆中都是不熟识的面孔,书都是从前的书,只是人已不在。看书,如饥似渴。读书时才真正感觉自己回到了从前。

校园依旧,人却在更动。在其中依然能感觉到自己往昔的身影。何日君再来?

三

想起来像是很久远的事了,办系报的经历更像一段连绵不断的梦,醒时一切却记不起来,只是觉得很恍惚,很疑惑经历的真实性。想来生命只是很奇特,实和虚并存起来,感觉总有错位的东西。

那时在系报里做真是难,听来的消息说现在的系报依然难,但仍扩版了,感觉时光总给人些新的东西,亦越发的觉得后生可畏。但办系报是我很投入的一件事。我那时只是喜欢无人的时候给自己写点东西,真的做起报纸的主编来,感觉真是可怕,虽然报纸是极小的,但看报的人却是学问极深。每次报纸出来,都是很诚惶诚恐的样子。真正到大报社做记者以后更觉得记者的职业的确让人不得安宁。我本性是喜静的,偏要做一种动感很强的工作,想来都是头疼和力不从心。不过做报纸的确自有其乐,是苦中寻乐。

已经很久没有认认真真地写一些心灵的东西了。整日做报纸文章很易让人产生一种偏激的情绪,亦无法耐下心来回味时光。很久没有回校园去,因为没有时间。想起来在学校时春来的时候总要到图书馆外面的丁香丛中静静地待着,寻找些感觉的经历,便觉得很好笑,很怀念。这一切于现在的确是奢侈的东西。读书时幻想很多,但真正最后做出来的很少,现在发现生活原本真的很真实。大学时一切的东西似乎都是不真实和无限前程似锦的,不知道自己能做什么便以为自己什么都能做。再也找不回这种感觉。

想必丁香又开了,因为春又来。学校依然,只是物是人非。我现在常不敢回到学校中去,害怕见很多人,又害怕见不到熟悉的面孔。想来人真是矛盾的动物。曾说大学四年是流苏的四季,现在想来依然。

那一天从街上走,正低头想什么事,撞上一人,才抬头,竟是大学时说话不多的男同学。但彼此都很真诚而又怀念地谈起学校里同学的近况,似乎有无形的东西让我们相别后依然有熟悉的话题。学校。他给我留下 BP 机号,让我呼他,也留下号,让他呼我。有趣。都开始为真实生活而现实地生存,但永远忘不了的是曾经的大学时光。

也喜欢认认真真地做一些事情。

无论如何,做些事总是好的。

逃之夭夭

部二 女生·湿季

　　曾经三次骑单车从天津到北京。彼时没有高速公路，所有的车和人都挤在一条道上，和谐闹腾。

　　那时候在南开大学念书，很青春，很清纯，一个看上去柔柔弱弱的女孩。谁也不会想到吾会那样做，连自己都想不到。原本想这种记忆会慢慢丢掉的，就如同许多落叶被风不经意地吹走，也便消失了。

　　然而没有。似乎是有些刻骨铭心，这些记忆总搅得神经疼，让吾有时会自言自语地说些疯话。想还是让这些不安分的记忆在阳光下晾晾吧，也许会被晒死，也许会被晒干，谁知道呢。

一

第一次源于偶然。有一个很男孩气的女孩迪,她很失意自己未考入北京大学。大一时功课很重压得喘不过气来,有一天主管英文精度的老师病了,我们长舒一口气。闲下来实在无聊不知做些什么好,迪说"骑车到北京去你敢不敢?"从她眼中读到的是跳动的火。

若干年后还依然怀疑迪为什么选择我做她的游伴,因为那时在班上蔫头蔫脑地非常沉静,常常会故作深沉地若有所思。一直渴望走出自我的遐思,也许迪看到了这一点。

那时京派的大学生非常地傲气,迪渴望到北京,吾也是。我们俩仓促地便上了路,谁都不知道要骑多久,路上会有什么事。

许多事经历过以前总觉得不可想象,做完以后才发现原来不过如此,这种经历像做一个绵绵长长没有色彩的梦。

从早上七点到晚上六点,时间的流淌缩短了空间的距离,一路上有惊无险,迪的后车带破了一次,吾前车带补了一次,我们终于骑进了北京大学。迪骑着车绕未名湖转了好几圈。

落日熔金,未名湖被璀璨笼着,绚丽的如倩女的面让人心动。迪却长叹一声:"这不是我们的家,我们回南开吧!"

连夜骑车回天津。

想来都可怕,在黑漆漆的夜赶路。看着天一点点白起来,朝霞将津城镶上一道金色的颈圈时进了南开园。在她脸上看到了吾面上的泥垢,哈哈相视,倒头睡到熔金的落日也爬进南开园。

再没有人如我们那样地看到日出的全部过程了,骑在车上看日头从树根爬上枝头坐在树梢。

一直怀疑自己的精力和体力,这种传奇般的经历让吾意识到年轻真好,我们不会忧前思后,也便会有意想不到的收获。

后来好多天屁股疼得坐不下去,那是机械运动超时的警告。然而和迪只有兴奋没有痛苦。我们像第一次得了宝贝似的孩子,逢人便讲这段故事,没有人相信。迪和吾都泄了气:让这段记忆留在心底吧。

于是便似乎忽然间大彻大悟。

二

第二次是独自悄然上路的。那一天觉得心情很烦很乱,骑车绕着内环上了中环莫名其妙地便进了外环,开始向更远一些的地方骑,以为能骑出这个城市,骑出思维中的烦恼。一开始以为自己在玩一个游戏,骑久了便有了一种渴望,那种独闯天涯独探世界的意识在脑中翻滚起来控制了全部的思考。就那样一圈一圈地转动着车轮,在华灯初上的时候骑到了长安街。

那天的长安街是柔和而又温顺的,就那样潇潇洒洒神情自若地骑在中国第一大街上,看许多著名的建筑物从身边慢慢移远。长长松了一口气。烦恼便移远了。

第二次的经历是独属于自己的,没有对任何人提起,因为有些事情很难让人相信,人有时会做一些连自己都难以相信的事。

再次回到南开的时候,已懂得了不要故意和环境抗争,摆脱不了这个城市，摆脱不了生存的空间，唯一能摆脱的是忧伤的心情。

当绕了一圈又回到生命原本的轨迹时，已学会坦然。

三

第三次是陪朋友出游，因准备充足，因心境很好，我们找到很多的轻松，在路边的瓜地里解渴，在农田的抽水机旁洗脸，在道边的果园里讨青苹果，和路人聊天，同行人赛车，累极了便耍赖拦一辆卡车带我们一段路程。十二小时的路程是愉快而又惬意的。

生命原本是许多的浪漫和情趣，当我们不刻意去追求什么时，或许会有意想不到的收获。

总是想到很远的没有人认识自己的地方去旅游，在一个陌生的地方忘掉些东西而得到一些新的。大学时这些经历让我觉得人生的流动性。

如果日出日落在一个地方是感觉不到两地的朝霞和晚辉有什么不同的。三次骑单车进京的感觉是不一样的，似乎是激情在一点点消失而现实的东西在一点点增多。然而现在我已不知自己是否还敢如此出游。

那天坐在轿车里进京突然觉得自己老了。

但愿这些不安分的记忆让你不要想起什么。

记忆潮湿了

前世的记忆
封在白色的袋子里

埋在箱底
有一天屋子进水了
箱子淹了
打开袋子
记忆潮湿了
把白色的袋子
晾在阳光里
看七彩的记忆
笼着今日的吾

  十八岁的记忆都被装在一个黑色的袋子里,一个涂满墨汁的纸袋。

  那几个日记本全被缄了口,原本想着再不去打开的,将黑色的袋子也封口时,用白色的笔在上面画了许多的问号和惊叹号,然后叹了口气写上"十八岁的我独钟情于黑色"。

  把袋子压在箱的最底层,箱子便塞在床下,每天晚上躺在床上,又开始记录自己的步履,也便有了红色的十九岁,黄色的二十岁和白色的二十一岁。

  那一天曼林将好多水泼在屋中,说要去暑气,箱子泡在水里,曼林大叫:"你搞什么鬼。"

  无可奈何地看着黑色一点点地从箱中渗出来,接着便是绿色,黄色,白色乳状般流出来,渐渐地便混沌沌的一片了。

  吾说:"曼林,你把我所有的记忆都搞砸了。"

  急急打开箱子,心疼地将一个个湿淋淋的袋子拿出来,曼林奇怪地看着吾之宝贝:"怎么回事这四个袋子?"

她要抢过看,吾说"曼林老实点好吗?我大学的底都在这儿自然不能看的。"

曼林便支起下巴看着我:"哪来这么多的色彩?"便告诉她四种颜色是四个年龄。

"你怎么越活色彩越淡了?"

是吗?曼林?我怎么没注意?

吾说:"黑色是神秘静寂和悲哀的,那时我忧郁若死,无缘无故的烦恼还故弄玄乎;红色是热情希望的,那时我遇到了学杉;黄色是清亮和欢快的,想来是学杉改变了我;白色是纯洁神圣的,我现在唯有白色。"

曼林看吾若无其事地说,潇潇洒洒地将本子一个个拿出来晾在窗边,阳光便轻柔地吻上来,幻成了许多的彩环。

曼林问:"每个彩环是不是都有一个故事?"

吾老实地说是的,看着那环笼着吾,化作一个个的圈圈上来,吾说记忆潮湿了……

曼林骂吾很狡猾,她说和吾住在一个屋中怎么没有那么多奇奇怪怪的念头。

吾说:"神母生九仙还各不相同,何况你和凡人?"

曼林说吾越活越淡了,告诉她:"不会的曼林,从黑色到白色,只是我大学的经历而已,我是无意中在每个生日前为自己选一种颜色来整理自己的,有时也不知道自己为何选那种颜色,也许只是心血来潮呢!"

说二十一岁后吾会永远选择黑色和白色,只不过黑色不再是孤寂而是沉稳,白色不再是神圣而是朴素。

曼林很遗憾地摊摊手说世界本来是多色彩的,你何必躲在伪装深沉的黑色中和故作纯情的白色中呢?

吾愕然:"曼林你怎么这么看? 我并不想别人像我一样的,比如曼林你便永远是橙色的,活泼华美。"

曼林则一摆头。她永远是多色彩的,心情不同,色彩便不同。

看着那混在一起的记忆,我说:"曼林是的,我现在已没有色彩只有一片浑浊,不过曼林我真感谢你,我想任何人任何时候都不可能是一种色彩。"

"对的,"曼林说:"所以现在并不是什么色彩都没有了而是拥有了所有的色彩。"

吾说:"色彩多了便是没有色彩吗?"

曼林不语:"我不知道"。她迟疑了很久。

"我去问学杉吧!"吾笑了,拍拍她,"曼林,真的谢你。"

把所有的日记都装在了一个袋子中,袋中要涂成什么颜色,吾不知道,学杉会给我一个答复的。

明天我们都会明白的,也许永远不明白,谁知道呢?

还泪日

青春独有

一

送人也许是一件最伤情的事。

尤其是送彼此亲密无间地生活了许多年却又天各一方不知何日才能相见的朋友。

在这个城市念完大学便留在这里,却有许多同学走南闯北,东奔西跑了,于是便去送他们,才发现自己原来很脆弱的,那几天似乎看了最多的眼泪,也留了最多的眼泪。尽管送人的站台票莫名其妙地一下子长了五倍,可是站台依然人满为患。抱头痛哭的有之,嘤嘤啜泣的有之,车上车下执手相看默默无语的有之,躲在角落里暗自垂泪的有之……

班上的男生组成送人小队,整日待在站台里,从一个站台跳到另一个站台,一列车一列车地送,从凌晨的最早一趟到午夜的最晚一客车。平时彼此交往不深的此时却似有千言万语,虽然不知如何告知。

彼此相见便足以。后走的送先走的,留下的送走的,一拨一拨的,谁都以为列车是无情的,又有什么办法呢?

有道是"男儿有泪不轻弹"。可当同一宿舍的两位男士抱头哭叫:"让我们和好吧!"所有人的眼便似雨天般地瓢泼起来。他们俩过去总抬杠,据说头一天还彼此大动干戈,然而一切阴云随着时间流逝而烟消云散了,留下的只有思念。

一切已成过去,只是总觉得这一幕的余波震的时间很久很久……于是才体味出人的情感有时被埋没很久,真正每个人内心深处都有一份最珍贵的情谊,于是便会在某个时刻爆发,也便有了最动人的一幕,这是任何艺术家都演不出的,人的真情流露便是最可爱处。

于是常想彼此在一起的时候为什么往往总有些隔阂呢?在最终分别才袒露真心是不是有些遗憾呢?然而知道每年都有一段这样的日子,暂且叫它"还泪日"吧。

二

在南开念书的一天晚上,不知为何,心中很烦,便抛了书在校园里走。当时下了雪,很厚,踩在上面吱吱作响,我静听这一切的和谐。

南开园的新开湖结了冰,雪厚厚地铺了一层,走过去的时候想在冰上玩,便有几个大大的雪团向吾扔过来,一下子便落进吾之脖子里。便有人在向吾打招呼:"过来和我们一起打仗!"是吾之几个同学在玩冰雪游戏。雪给他们快乐,雪给他们快乐,雪让他们忘掉不快。

视线却被一个人吸引了。他穿了一身黑色的衣,雪白的鞋,他躺在冰面上一动不动,雪在渐渐将他覆盖,他的周围堆了许多的啤酒瓶子。

他会冻死的。如果不注意看,不会发现还有这么一个人存在,他一再融入冰雪世界。意识到这一点时便走过去看他。是同学文。摇摇他,他似乎已没有了声息。没想到会遇上他。"他喝醉了,"另外的同学走过来,对我说,然后便把他架走了。

第二天,去看文,他的宿舍充满了醉汉吐泻后的酸味。他的精神很黯淡。"对不起,"他说,"我昨天一定说了很多胡话,我以为我能葬在冰雪中,我真希望那雪的洁净将我埋葬。"

没有问他为什么要那样做,总之,不开心的往事就像开了一刀,缝好的刀口最好不要把线马上拆掉。文在印象中是最有能力最诚恳的男同学,以为他最有性格,总之是能让老师和所有同学都喜欢的学生,没有人说他有缺点。即使是他喝醉,也是被八个人抬回来的。

也是第一次见文那样失态。他见到我显得很尴尬。他说:"我很累。"不知道他是不是活得很累,总之,能被所有的人都喜欢的人的确不容易。

雪覆盖了大地。在洁白的雪中,人也许才真正能回到原来的自我。

三

这是大学同学的最后一次聚会,去一个被称为"水上公园"的地方划船。似乎并不用说什么,玩在一起便有了一切。

和三个男同学同划一条船。一个考上了研究生,一个回了本省,另一个准备到南方去大干一番。平常在校园里交往并不多,但待在一条船上便是患难生死朋友。当有别的同学的船向我们开水仗时,必然是齐心合力。吾之裙子很快便湿了,像一只掉进了水里的小鸟。然而这是一件开心的事,大疯一把是告别校园生涯的最好选择。以为那时能忘掉一切。

上了研究生的掏了盒烟,"你抽不抽?"他问,吾笑着摇摇头。另两位便要抢秀才的烟,却被秀才喝住了。秀才看不起那回省的,以为他是老土,虽对去南方的侧目,但表面上仍是不屑的,这是他的自尊。秀才举着他的烟,得意地燃起来。

有邻船的扔过来一个西瓜,在水面上吃西瓜是一件很有意义的事,吃完了西瓜皮便被我们作为打水仗的武器,此时我们四个马上又齐心了。所谓停止内战,一致对外。而当一切风平浪静之后,他们三个的口战便又开始了。不记得当时因何而争,似乎是一个学术观念,把很晦涩的论题在游玩中争是一件很不适宜的事,然而他们谈起来却海阔天空,说了些让我非常耳生的术语。只有承认浅薄。看着他们三个佩服极了。女孩是极易佩服人的,只要一个男孩稍微在某些方面有些特长。不知道他们三个是否有在面前个个不能显出无能的意思,是不是在表现自己。一向都以为我的同学是很棒的。

静静地听他们争辩,将目光投在远处的水面上,荡水湖心是一件神怡的事,大自然是美丽的,属于自然的人也是美丽的。突然我感到气氛有些不对,一切静悄悄的,他们三人不知什么时候一齐停下来看吾。

有些莫名其妙,很不自然地浑身上下地打量:"怎么了?"我问。

"猜你在想什么。"秀才说。也许他们皆以为吾是一个很怪的女孩。哑然笑了。一个女孩的沉默会使他们停止内讧,这也许是一件很奇怪的事。

四

记不清从什么时候起,便有一种让人不似从前的感觉。

一天朋友请吃饭,这是让我诧异的一件事。不仅在吃饭本身,关键是这个朋友在以前我是想都不敢想能敲到他的竹杠的。

大学时的朋友一分很久,再回校时他们依然做研究生我却已工作。回学校时已准备就走,不知道怎样去和老同学联系。

他们都很真诚,相见时总是和上大学不一样,上大学像思绪飘回过去,有一段时间和朋友是有些不相往来的,独独的,如天马行空,惹得许多人有些颇不可理喻。以吾之热忱,原本应和每个人都成知交的,偏不知该如何对待周围的一切,于是便有许多人便说吾冷冰冰的。

然而朋友请,在吾看来是不可思议,他说在尽地主之谊。如果在吾的地盘上,自然要宰吾。这让我很感动。

　　朋友不是当时就交的,若干年后再见会突然亲切倍至,这才是朋友。看着校园依然碧绿的湖水,映出了吾的眼。一双不再忧郁的眼。生活中许多的情景在人是无法改变的,但生活中的真情却是永远的。

　　大学的一天发了烧,是被人搀扶着进卫生院的,吐了之后连自己都觉得抱歉,但朋友们却什么也未讲。只有默默地守着吾,吾之眼便和他们的眼相撞,看到了真情。再对望时,在眼中感受到生活的情感,生活原本像眼中的波痕,当你快乐的时候,波痕就动,当忧愁的时候,波痕便涌了出来,防不胜防。已感觉不如昔日生活的光彩了,在梦里的时候,常为自己流浪的心不能停岸而生气。

　　再看自己的眼时读出许多东西来,对过去的遗憾,对未来的遐思。眼是最真诚的,当对自己没有信心的时候,便读自己的眼。

　　回到学校的感觉已不似以前,愈多的朋友依然匆匆,吾也依然忙,只是感谢他们给机会,让吾再读吾之眼。

　　在眼中,读到了生活的一切。包括其中的泪。

　　也许人生来便是为前世所欠的泪而活。有一天便要还上。

美丽的过程

一

　　有一天才发现这个城市很大。是去一个朋友家。她住在城市的另一端,我们成了城市正方形对角线的两点。走直线也许会省些时间,可这个城市的路是弯的,没有直线,走了很久。当筋疲力尽的时候,看到了朋友灿烂的笑脸。
　　"也许我不该来。"我说:"我很累,我也没有精力再陪你玩了。路太长了。"

"你来了我就很高兴,虽然我很抱歉。在我家里你随便一点,要不先休息一下,你缓过劲儿来我们再谈。"

"我没什么,其实。只是累点。"有些不好意思。

"你路上是不是遇到了一些很美的东西,想想看,你会高兴起来,忘掉劳累的。"朋友安慰我。

脑子一片空白。来时的路怎么走,路边有什么,毫无印象。当时只记得匆匆赶路。

在朋友家只待了一会儿,便急急地又赶回我蜗居的屋。我不明白为何总这样匆匆来回。回去的时候我看了路边的花草,依然没有印象,感觉却轻松多了。

这是一件很有趣的事,后来想。我们每天的日子都在过,不知道最终会到哪,即使知道了,又忘了看日子过去时候的样子。日子是没有色彩的。

不明白一生在找些什么,可每天还是要过。也许人生的可爱便是这每天的日子。日子虽然没有色彩却依然美丽。

二

当提起那双冰鞋走向冰面时,知道所有的一切都离吾很远了,银色的冰刀和柔和的日光告诉吾,别再迟疑。

这是一个旋转的世界,尽管有的人还在蹒跚起步,有的人却在翩翩起舞,知道自己是一个不太和谐的音符,依然记起一段华尔兹的旋律。

一直喜欢白色,那是一份静谧,一份纯真,尽管总伴有寒冷。

凉意已从脚尖升起,这是一个白色的世界,也是一个冰凉的世界。

摔得好惨,许多人从身边飞一般的滑过,那么潇洒,那么自在,让人嫉妒,这世界原本是他们的,不是自己的,坐在白色的冰上这么想。

也许有一天太阳热情起来,我们就会全部掉下去了,那时的我们是一样的,望着天空又愣愣地发呆,也许是一个季节的失误,我们原本是一样的,只是在一刹那你拥有了那飞动的旋律,也许我们为那旋律都付出了许多,有的人融合了,有的人游离开来。

突然记得许久以前的歌"雪在烧",又记起不知谁滑着雪橇从雪原飞驰下来大叫"大森林的儿子回来了,"不知那白色的雪烧尽了,会不会变成黑色,却知道那无尽的墨绿森林会在一个季节里让白色拥抱,我们是自然的,拥有雪,拥有森林。

那雪真的会燃尽森林?

不懂。

然而,知道雪真的会烧脸也很热,也许冻的,也许羞的,反正依然坐在冰上,却已失去了寒意。

终于又开始滑动,依然摔跤,依然羡慕别人,也依然旋转。

终于相信了"过程才是美丽"这句话。

瑰美如伊

部二 女生·湿季

源起：看到美国华人最多浏览的网站上一美丽之贴：百年中国十大电影女主角美丽排名：花魁是林青霞。

很多年一直都想写那一种挥不去的情绪，是一种对一个素不相识的人，对一个远在天边触不可及，又似乎知道她的点点滴滴熟悉似家人的感觉。只因为她是大众情人，是梦中情人，已经超越了性别，跨越了情感界定，成了一博爱。在某个时代，男男女女老老少少均成为她的拥趸，彼时还没有粉之称，称之为追星族，如今便是粉丝了，称为虾粉，但虾粉对她已经超过追星的范畴，她是一种信念，是一个粉儿们无形社区的核心纽带。

一直以为她是飘落到凡间的精灵。只有她才能诠释那不识人间烟火的琼瑶之梦纯纯之爱和刻骨铭心之情。她幻如东方不败,柔似林黛玉,却将贾宝玉诠释得最眉如墨画、面如桃瓣、目若秋波、玉树临风,而脱离凡尘。

还是少年时,是琼瑶汹涌之际,和所有的女孩子一样手中都有一本《心有千千结》之类的读本,幻想着郎骑竹马来的白雪公主童话。除了红楼看得最多,便是读琼瑶了,想象不出书中的女子是如何的容颜,觉得那不识人间烟火的女孩无法在现实中存在。又觉得琼瑶上不了台面,虽然暗地里读了多本,却不屑向人提起。故作深沉地与同学讨论红楼研究西方美学和莎士比亚的阳春白雪就是不提琼瑶,心底以为琼瑶的通俗之物会毁了自己的深度。

冬日里很冷,守着一个烧煤球的炉子,抱着一本书看得泪流满面,如痴如醉。一坐几个小时,骤然觉得不可喘气头脑窒息,跑出去呼吸冬日里冰凉的空气才意识到是煤气中毒,忽然明白读琼瑶是会出人命的,便渐离渐远。便是那些烟雨濛濛时期的少年不更事了。

入了大学,流行的是金庸,谈论的是古龙短平快的小李飞刀。书读得多的便是男人的厮杀和为男人而造的女主人公,只有侠义,没有柔肠。也看些三毛和张爱玲,无法沉浸,因没有琼瑶的唯美,少了许多幻想多了许多流离,然而还是没有去翻阅高中时的琼瑶,以为过了那风花雪月的情怀。

南开附近有一间录像厅,可以看外国片和台湾文艺片。偶然被同学拉去观影,无意间似乎发现了新大陆,琼瑶的文字变成了画面,呈现在眼前,赚足了观影者泪水。林青霞从此萦绕心间,再无法抹去。她是一片云,就那样在吾心湖上投下影子,荡漾开去,画出一个无止无休的圆圈,无终无结。

才知台湾有双林双秦,人间演绎着神仙眷侣。同宿舍楼中有一个长春电影厂的子弟,一日寒假回来秀出她和青霞的合影,成了一层楼里的明星。彼时伊人和她的花美男在内地合拍《滚滚红尘》,成了一道最令人醉心的风景。尘世中人来人往,便觉得自己那是离她最近的一次擦遇。为伊醉痴,为伊幻想,为伊祝福。以为伊人柔情似水,佳期如梦,金风玉露一相逢,便胜却人间无数。她的美男亦是纤云弄巧赢得佳人归。

忽一日听说伊人出嫁了,人间如梦,一樽还酹江月。恍然间觉得大江东去,浪淘尽、千古风流人物。月有阴晴圆缺,此事古难全。依然为伊人祝福,外人看来的登对,终是因为不在此山中。

若干年便过去了。倏一日,知道老丹家里的亲戚有人唤作Brigitte,一个美丽如奥黛丽·赫本的美国女孩,想起伊人的英文名字亦如此。林是幼时读到的最柔弱的一个姓,以为女孩名字中有了林便如黛玉般超俗了。曾以为那黛曼多林亦会林风,便是无忌了。

美丽如伊,窗里窗外,外人和屋中人看到的是不同的风景。伊人从未走远。

南开一网情深

有一段时间什么都不愿写,有篇稿子拖了很久,断断续续写了好几年才写完。完稿的日子碰巧正是1月8日。是周总理的祭日。在南开读书时,看到马蹄湖边总理塑像上刻着:我是爱南开的。在南开时总是看到很多人在那雕像前留影,自己也有和总理的合照,只是离开后才知道南开的意味。

是在一个很偶然的情况下知道南开有八十华诞大庆的。彼时刚刚开始居美生活,对于未来许多事,还未知;对于国内事,想起来是非常非常遥远。从中国到新加坡,从新加坡到美国,离开中国已经四年。有时思念常常将吾带回马蹄湖的一角。那种思念一天天成长起来,使吾觉得自己需要什么来联系旧时的岁月。报纸看不到,便开始在电脑中寻找南开的网址,一切和南开有关的网页,对我来说,都是思念的脉冲。

找到了南开的网页。不知道什么时候有了那个网页。那一刻似乎有电击的感觉。中英文的版本让人感到南开的国际性。浏览南开的网页,发现校长已经换届了,有许多新的院系让吾陌生。国际商学院让吾为之思绪一振。毕业自经济系,在校时仅知道有经济学院。忽而便有桃花源中不知魏晋的感觉。

然而网页中主楼依旧,校园依然,马蹄湖湖水似乎在眼前流动。周总理的塑像依然竖立在如故时的南开。我们的南开。便看到了网页上跳动的南开八十华诞的信息框。不知道自己是不是能回母校参加这一盛事,且先以文章寄送遥思之情吧。

转眼离开校园便是十年了。有些不敢相信。十年前的十月,还只是一个南开二年级的学生,那时中国正在经历她的特殊时期,南开却迎来了她的七十华诞。七十古来稀,然而南开对于吾,依然是新鲜而又充满动感。不过有时记忆似乎变得有些迟钝了。我只记得兴奋却忘了细节。有时便有些后悔其实没有珍惜南开流金的岁月。

在网页中查到了许多校友会的网址。海外的校友会,国内的校友会。美国最大的校友会在旧金山,似乎离之很远,住费城,在美国东部。然而电脑将一切的距离似乎都溶化在小小的屏幕方框中。将吾的联络信息在网页中登记。觉得自己和南开一网情牵。

没有发现经济系同学的联络信息,倒是找到了许多生物系化学系和电脑系一些班级的联络校友站。也许理科的朋友们熟谙电脑,建立一个小小的网站对于他们来说是小菜一碟。文科的学生便吃力了。在南开时,电脑课程还只是基本的程序设计,那时从没有听过微软,没有视窗,更甭提什么网络。

过了一天,便开始收到一些在美国的南开朋友的电子邮件了。素未谋面,然而我们总是有话题可谈。主题便是我们的南开。"嘿,我也来自南开,请保持联系,随时告知南开消息。"收到这样的电邮便总会将思绪牵回南开。

想来南开带来了我一生的朋友。毕业后便供职于天津日报,那时要去各地采访,每次到一个地方,几乎都可以在省级的报社中找到南开的校友。虽然此前并不认识他们,但通常他们都对我热情接待,告知当地的情况。而且他们认为吾从天津来,自然会带来母校的信息,吾则觉得无限荣幸能够成为信童。

从中国刚到新加坡的时候,当地的朋友也是极少。偶然在一次投资讲座中,遇到了两个南开校友,她们后来也来美国读书。从此,在新加坡不断遇到新的校友。曾打趣说在报纸上刊登启事,成立南开新加坡校友会。然后我们都来了美国,美国的南开校友更多。而且不再需要报纸登启事了。

有了电脑网络,现在更容易联络到校友中的旧朋新知了。不用再意外碰到。收到一封电子邮件,是一个很久以前失去联系的朋友送来的。他说在校友登记中查到吾之信息,真有些喜出望外。吾亦是。

南开的网址已经被加入最爱的网页。每天一打开电脑,便可以和南开联网。也许当南开八十华诞的时候,不可以亲自感受荷叶的喜悦和芳香,但知道会在网络中查到关于盛会的第一手资料。时时关注南开。南开网将我们一网情牵。于是便一网情深。

想自己会在南开华诞时,送一张电子贺卡,道一声"南开八十,寿比南山!"一句傻话。

部三　女记·风季

所谓记者

部三 女记·风季

一

一直对自己的职业有一种说不出的尴尬。虽然许多时候,总有人对我说:做记者多来劲。许多年以前,当还是一个学生的时候,也对这种职业有一种神秘和向往,然而入行后才明白:这只是一份工作而已。

那一天朋友问:这样跑来跑去的,你觉得很有趣吗?他因详知我工作运转的程序,才话里有音的说。他想劝告我的是:我可以在家认真做一份女人的工作,不要再疯疯癫癫地满世界跑了。我何尝不想如此,只是割舍不下一份对职业的眷恋而已,其实这份眷恋是含有许多的无奈和辛苦,然而这种诱惑的确是实实在在的,让人颇有辛苦唯己知的感觉。

已经习惯了背起包就出门的生活,坐火车坐汽车坐飞机对我来说都习以为常。那一天去北京采访,早上五点的时候,闹钟响了,虽然实在不愿爬起来去赶六点的早车,却也还是坚持着睡眼惺忪地去赶路。

一生不忘的是满足过一个生命处于临界状态的女孩的愿望,她得了白血病,像幸子一样,她的眼睛已开始看不见,我看到她苍白的脸时,不知她还能活多久,他最大的愿望只是想看看一个很有名的歌星,因她和她那个年龄的女孩一样是追星族。于是我便成了一个跑来跑去的搭线人,因记者的身份让我认识了那个歌星,也因记者的采访让我知道世上还有那么一个漂亮却又可怜的女孩。

当我从北京接来那位歌星,看到小女孩和她心中的偶像坐在一起唱着同一支歌时,心中对自己的职业只有感叹,因我从小女孩眼中看到了渴望。

也许在许多人眼中,记者都是很神气的,能见想见的人,能采访意想不到的事,能满天下的跑;或许在许多人眼中,记者又是最无聊的人,挖花边新闻,在别人不愿讲话的时候追根究底。无论如何,小女孩的故事都让我对自己的职业感动,虽然为了招待那个歌星我几乎一天没有合眼。

有了线索便要跑过去采访,这已成了条件反射。虽然跑来跑去的我以为这只是谋生的工作而已,然而真的感谢生活让我曾经拥有这样一份职业。

二

写完一篇稿子的时候,下意识地看了表。0:30分。又是一天的子夜了。时间对于我的概念已很淡漠了,我忘了什么时候该吃饭,什么时候该睡觉。这是记者职业给我的。记者生涯带给我的是无规律,我始终在琢磨问题,这让我有些力不从心,然而我必须这样做,我爱我的职业,它让我感动。

感到一种无形的压力和责任。这种责任让我对稿子负责。眼前的稿子我已五易了,不知道它明天的结局会怎样,如果头儿不满意,我得重写。但关键不在头儿,在良心,要对稿子认真。

唯有努力写稿,这是我的责任,尽管生活的一切全乱了。

独自深夜写稿,思路枯竭。颇有些难过。为了启动大脑,点了一支烟。烟雾缭绕。只觉得自己鼻呛咽疼,全然没有神仙的感觉,烟灰乱飞,更不知该如何处理。满口的烟味,即使漱口都除不去。脑子里空白一片,别谈什么思绪飞舞了。

其实这并非我第一次抽烟。在大学念书同学聚会时,被男同学奉承为现代女性时也曾忘乎所以地吞烟吐雾,嬉闹一番,当时并未觉得难过。

此夜不同,此夜吸烟是为了赶稿玩真的,全不似大学的花拳绣腿。此夜吸烟是为了驱除对黑夜的恐惧对孤寂的害怕。一身的烟味后我依然不能摆脱文人的落寞感。写文是为了给别人看,可写文时的独居一隅,向纸而述是最为困难的事。

今夜耐得寂寞。作为一个女孩，也许不该选择做文人的。我学不会抽烟。我不明白为什么我的同事每天要吞吐几十支烟卷儿却不屑于零食。

又一次坐卧铺，睡了一觉感觉自己周围皆烟味，便想吐，那是以为自己不能和烟鬼为伍。而做报人时我的同事每人皆为一支烟筒，每时每刻都端一大烟枪向我开炮，我居然默默接受了。

但我没有接受烟，我只是接受了同事们无可奈何的道歉。于他们，不吸烟便没有了才思，便无法做工作。做文人是一件最费脑的事，做文人是最需要烟的。

试着去适应烟味，彼时却适应不了烟。烟于吾的魅力远没有一块巧克力诱惑大。我是一个很嗜洁净的女孩，周边的烟味让我觉得自己的生命乱七八糟而无法度过。我不需要烟来启动大脑。

从此再未吸一口烟，滴酒不沾，为的是让心灵无暇。

三

有一段时间每天都要骑很久的车上班，便知道工作的不易，全不似在校园里骑车一般潇洒如闲庭散步。但并不觉辛苦，毕竟自得其乐，有时还会来一个有惊无险的插曲。

黄昏的时候骑车从报社归窝看明灿的夕阳时便若有所思，忽然有一辆车斜冲过来，吓了一跳，急忙跳下来。便听一人迭声说"对不起"。一笑，说没关系的，又没有碰着便欲走。夕阳中骑车像流云如画的感觉很舒服。

然而车被他抓住，"我能知道你的名字吗？"他问。吾开始真正吓起来。"何必呢？"笑着说。虽然已为职业记者，但还是有所顾虑，看了周围下班的人潮如织我才定下心来："我没伤着，你走吧。"

"我觉得你气质很好，我们可以做个朋友吗？"他说着低下头去似乎不敢看吾。

可我急了："我还赶着回家呢，再见吧。"骑上车便走。他愣了一下也骑上车追了上来"请不要误会我的意思，只想和你做个普通朋友。"他边说边掏出一张名片想塞过来。

一看这不好，骑车技术并不高，在车流中非出事不行。便跳下车，立在一旁，"有什么话你想说就说吧。"他见吾停了，"嘿嘿"一乐马上脚撑地停下来，"其实人和人一开始谁都不认识谁，只是待在一个环境里才彼此相识，说白了大家本来都是陌生人，我们为什么不能从陌生人到朋友呢？"他一副很认真的模样开始严肃起来。"告诉我你的名字行吗？我猜你是一个大学生，我觉得你气质和别人不一样，很想认识你。"

被奉承自然很高兴，那时刚大学毕业一个月两眼一抹黑，只是觉得这世界闲人真多，便定了定神，"我妈等我吃饭呢，回见吧。"他有些呆："没有一点希望吗？"

点点头。他很遗憾地摊摊手："这是我的名片如果你想起来请给我一个电话"。没有接，那张名片掉在地上，骑上车飞快地逃掉了。

他没有追上来，吾听见一声长长的叹气声。

回到家惊魂未定，思前想后不得其解。人生总有许多事让人摸不着头脑，正如许多话只有上帝才知道它的对错。

四

有一张顶头上司的名片,得来的经过说起来却让人觉得很难堪。

上司在另一个办公室办公,初来三个月了,也没有人帮我引见,只是出出进进头们的办公室,和秘书打交道。吾做记者,在另一个部门工作。

有一次去出席一家新闻发布会。到的时候屋子已坐满了人,找了一个座位坐下,看周围的人频频地向我这边点头,初时受宠若惊,以为什么人在注意吾。后来才知道是和身边的一位先生打招呼。

这人看着眼熟,但记不起在哪见过他,我的记忆力是很糟糕的,每天走路只是低头匆匆,眼睛有点近视又不爱戴眼镜。那人冲着我微笑,想他认识我,但确实记不得了。小心翼翼地问:"您是哪个报社的?"

他冲着我乐了:"小姐真是太冷傲了,我认识你!"我尴尬了,脑子一片空白。他抽出一张名片,一看便傻了。他的名片格式和我的一模一样,只是名字换了,头衔也换了,那名字是我总上司的大名,早已久闻。想起来是被引见过的。

脸红了,手心出汗了,脚也不知怎么放才好,手忙脚乱地剥了一支桌前的香蕉:"请吃吧,对不起。"他更乐了,我被笑得心里直发毛。"别告诉我的部主任!"对上司说。确实很害怕所在的部头儿知道,这是一件让别人笑掉大牙的事。记起来工作的第一天部主任曾带我去过总编室,拜访过这位上司。

上司依然淡淡地笑,周围来来往往的人不停地和他打招呼,这是他的风度。请他不要告诉别人这件事,上司笑了:"有什么好说的。"

不知他是否遵守了诺言,想起来便会暗自发笑,这件事也便被我当作笑料告诉给好友,天知道会不会传到部主任耳朵里。

五

立冬的天居然飘起雪来,只是阳历的十一月初。然而雪下得很小气。战战兢兢地从天空飘下,转眼便化了,消失得无影无踪,只留下湿乎乎的街面,冰冷的空气。空中很大的雪花,然而却下得很不大方。

迎着斜飞来的雪片和扑面盖来的风去作家协会拜望一位故友。"文人下海"了,作协里许多人讲话有些很幸灾乐祸。中国人自古文人相轻,"文优则仕"自诩雅,仕提商必讳忌。

故友在作协一个很暗的小屋接待我。一切是平淡的。时不时有些作家名流进来,谈些家常事诸如今天吃了什么。不知自己是不是应该把这种心情记下来。一种幻灭感在心中。

一切皆流,一切都是时间的结果。对一切的不信任感让我产生一种危机,一种很可怕的危机,觉得自己正如在一条上山的小路上艰难地走,以为到达山顶的人一定很伟大,然而自己也爬上去了,虽然速度慢了很多。不觉得自己伟大,由此很怀疑自己崇拜的伟大的神圣。

走在楼道中时,一很有名的什么家吻了我的发髻,他喝醉了。一直很钦慕他,以为他很不凡。外界亦以为他大名鼎鼎。原谅他的醉态。再见他时,却有些怀疑,伟人是不是常做出一些小事呢?

六

如果觉得自己还有一点价值,那么会很高兴。在风中奔波了一整天却无所获,就会觉得很不开心。

想起给一位伯伯打电话,他的话让我很感动,"辉煌是暂时的,平淡却是永恒的"。他说是引用别人的话。在我却是很有感触的。他的女儿和我讲很久的话,居然都不记得说些什么。但记得她说了一句"我很累,你怎么样?"我惘然地答了一句"我也很累"。

很累,压力很大。来自工作。做一名报人。赶了一期赶另外一期,没有休止。一切是在把别人的东西编入自己设想的轨迹。这是一件很吃力不讨好的事情——做别人思想上的启蒙家。

还处于懵懂,还需要别人的启蒙。深深感到自己的肤浅,也知道为什么一天不开心了。"你需要每天和比你高的人接触,你才能提高。"那天没有得到启迪。虽然在秋风中去了很多地方。去了一家自选商场。原本以为超级市场在这儿诞生,会给现代人带来一点冲击,想看现代人朝气蓬勃的脸。

没有如愿。精美的食品零乱地摆在脏兮兮的柜台上,穿着不太整齐的人们在里面挑食似的翻着。没有思想上的收获。生活原本很平淡地过,吾却要伸着鼻子到处嗅出一点理性来,有时很怀疑自己工作的真正意义。世界上的人真的需要吾去开发启迪吗？越发的没有信心，希望找到答案。编辑部的人在玩牌，玩一种"拱猪"的游戏。大家嘻嘻哈哈地要拱猪，也许这是一种最好的解脱——做没有头脑的动物。

隔壁体育部的一帮哥儿们喝得双眼放亮光。因刚才转播了一场亚洲杯足球赛，中国队输了。他们这一帮体育记者在借酒发泄。看吾进去却一个个正襟危坐："来来来，我们这儿正缺一位女士。"吓得连忙退出来，男人醉酒的时候最好不要去惹他们。不明白为什么他们要把自己灌得个个像撑足了的皮球，走起路来一摇一歪的。男人真是很奇快的，他们要借酒来壮胆，借酒来发疯，借酒来找乐。灌了一肚子的黄水后便忘乎所以，胡说八道了。

知道他们和我一样活得很累，意识到这一点的时候也希望能喝点酒麻醉一下。人生总是有许多很奇怪的念头。然而不能，只能依然和同事玩牌……

突然门开了，头儿进来了。牌局一下便乱了。原先坐的各具姿态的牌友个个面面相觑：放在桌上的脚拿下了，手中的苹果也忘了吃，嘻骂的声音戛然而止。牌局立刻便散了。

人生好奇怪，总有一些人该怕另一些人。名有时是一种很有用的东西。总有一些人活得小心翼翼，畏畏缩缩。搞不懂为什么。父亲说这是规矩，正如他是我爸爸我该叫他爹。越发不明白我为什么要去教育启蒙别人。

秋风吹落了树叶，满地黄。许多事最好不要刨根问底。世界总要转动，是不是？

累了，都子夜了，该睡觉了。让脑袋睡去吧。

七

　　人在饭局上最容易讲真心话。这也许是一条真理。中国人起码是这样的,中国人爱以酒会友,以饭享友。时光对吾来说是很仁慈的,起码心是这样想的。

　　记者最容易被请吃饭的,不知国外的习惯是否如此。或者吃饭是交流思想的最好方法,人们坐在一起吃饭,便似乎是一家人,似乎可以无所不谈。所以请吃饭是一种最好的交朋友方法。作为一名女记者,一名单身女记者。

　　以为有人笑吾是"单身贵族",这是一个很好的词。上帝对吾确实很仁慈,让吾有时间做一名"贵族"。自己觉得这是一句戏语,一个笑词,如同被人揭了一块疤。很怪的感觉,对不对?

　　做一名女记者,一份很令人羡慕的职业,然而有时却很怀疑自己行为的意义。大学毕业远离双亲的感觉,让吾恍然觉得地平线好似在眼前一点点消失,消失得无影无踪,天地的尽头已没有支撑物。单身是真,贵族却是一个遥远的梦。职业让吾接触更广的世界,有的人活得很好,有的人活得很糟。心里常常无端地会产生一些不平。

　　原本凡事看得很开,没有什么特别的奢望,偏偏会产生一些不能开心的事。做单身女孩麻烦很多。父母曾警告一切应顺其自然,不可强求。偏做起事来很认真,认准了的事钻进去便出不来。谁能了解这种感觉呢?天空的晴朗是室外的魅力,可人们都爱待在屋子里,因屋子温暖而舒适。

人们因有一个舒适的屋子温暖的家而对自然越来越陌生，对世界越来越冷漠了。吾没有房间，只有天地的空间。

　　只愿做一逍遥的离子，在广漠的天空中飘来荡去，没有天地的寒风，只有天地的清朗、一望无际。

写字的困惑

一

面对着一堆稿子发呆,这是一件很烦的事,做纸的蛀虫。

爬格子是很累人的事,那时你没有自己。如果你将自己全然地给别人看,然而毕竟在以后的某个时刻,会有一丝微笑,然而做纸的蛀虫却是让人伤心的事,你同样没有自己,却也不会有一丝微笑,当然,自我安慰的苦笑倒是有的。

然而,这样苦乐总是要有人拥有的。

不知为什么天又热起来了,阳光从窗棂钻进来,似乎在探寻面前的稿子,这本是潇凉的秋,然而,落叶还未落尽,果子依然在枝头挂着……

也许,这是一年中最美好的时光。

二

不知怎么说才好。

突然有一份惶恐、困惑。知道自己依然摆脱不了那份无所适从的感觉。

有一年走夜路,很黑,没有月光,没有灯光,走了很远,才发现路是斜的,当那份恐慌袭来时,只有忍耐,静静地走下去,居然看到了更美丽的东西,才知道即使坐错了车,也不该失望的。

现在便有一种上错了车的滋味,车窗外有很美的景,也许很多的人,他们原本是最适宜这车的,然而景已在动,只好轻轻地叹息,想着只好将这车装饰得更美丽一些才对得起远去的他们。

然而依然希望与他们同行,人多了,旅行便不再劳苦,不再漫长。

但愿同赶上下一趟车。

三

那天,烧了几本日记,厚厚的几大本,记录了二十年的生活。

火格外地烈,在鲜艳的红色中突然感觉到是在燃烧自己——用过去来燃烧今日的时光。突然不想烧了,看着一堆灰烬,只有叹息。幼年时的我步履蹒跚,幼稚得不忍心再去掀开曾走过的一页。呆了很久,终于下决心打算烧了那些发傻年纪的日记时,仔仔细细地又读了最后一遍,许多的往事也便浮出来,伸手可捞。笑了很久。

烧尽了,一片坦然,只是时时想起来,也觉得可惜。

日记是最烦的东西,记不开心的事若干日后自己翻起来又要重历痛苦很不值,记开心的事再看时却以为自己憨得可怜。有时看看以前写的情感,居然怀疑那曾是否是我,几欲再寻昔日的影子却找不到当日的感觉。

不敢再看过去,也便烧了日记,只愿日子重新开始,虽然,今日的日记还要写。总相信明天永远崭新。

四

要写言情小说了。郑重地对朋友说。

他们先是诧异,然后就兴奋起来了:写出来给我看,我要当第一个读者。然后就是躲避:千万不可拿我当主人公。

这是个商业文字的时代。

那个周刊的老总对吾说:你可以写出来,先看看。他是希望我写的,因他的杂志需要这种东西。然而作为朋友是不希望我写的,怕吾误入歧途。

写言情小说怎么会误入歧途?有没有搞错?然而他一脸忧虑地解释:言情小说中的人物和你生活的最大不同是,他们都不需要为了生计而烦琐地活着,而你必须真实地面对每一天的消费和收入。原来他怕吾沉浸在柏拉图的纯精神的幻想之中。

写字时心灵空阔。沉淀很久,似乎还是不愿写一个字。

好在我在过去曾是一个所谓的撰稿人,一度靠稿费生存。依然幻想做自由撰稿人,以真实地活过每一天:衣、食、住、行。

不知道最初写言情小说的人是不是因为活得太真实太具体才进行这样工作的。

好在人性还有共同的角落为言情小说打开了一个深不可测的市场:我们要需要寻找最美丽的童话,以爱之梦重礼青春。其实不大懂爱情的,那太玄妙,又岂是一纸书所能写尽的?

菊开在秋

一

踩着落叶的时候,知道秋天到了。依然穿着裙子。便有同事关心"你冷不冷?"很冷。谢谢关心。回一个微笑,依然穿我的裙子。秋天是寻找黄金的季节。我已得到关怀,足够了。

莫名其妙地贪睡。听窗外风呼呼作响,一觉到天亮。感觉一个周期的开始,便有些惶恐。生命给我们那么多的轮回。

每年的秋季都有新感觉。清晨的心情是随着秋风摇摆的。听到一个渴望了很久的声音在和我谈明天的见面,一切是那么平淡而又悄然。

等待很久的一切终于来临时,激动已随着落叶飞走了,在花的雨季。买了一盆菊花摆在办公室的茶几上。洁白的花。怒放。许多人问谁的花。听到部头回答:"小姐的花,你们屋没有小姐,自然无人买花。"

小姐如花,小姐亦爱花。吾之菊花叶子却莫名其妙地打蔫了,虽然菊花开得正好。

买来的时候一切均好。如今花只靠原来的营养活着,根已死了。

不知道积聚的力量能保存多久。在我,已感到失望,感到一丝不安。旧时培育的情感是不是已在岁月中埋葬,留下来的只是对旧时的义务和责任?

风刮起来的时候,告诉自己依然是一个艳阳天。枯叶正在变黄,却还未落下。

明天,是否会有笑脸?在秋风中没有烦恼?等待一切出现?

二

每年都有此时,每年都有凉,然后便是冰冷,再以后便是浓浓的暖意。可秋终来占据了空间,像一个做错事的孩子,偷偷地便溜进来,往人们身上一件件加着厚的衣,使每个人变得重重的懒懒的如大熊一般笨拙,秋窃笑了。

秋来秋去想起一句很孩子气的话"天凉好个秋"。秋中有许多不同寻常的日子给人的似乎永远便是期待,收获的期待。

凉来了,却没有得到任何的不寻常。日子是不寻常的,心却依然淡如秋水寒寒的、凉凉的。没有感觉地便笑一切依旧。

然而秋也便永如常翩然而至。从树上滑过,拂落许多陈旧的生命。一点都没有怜香惜玉的感觉,感到秋很可恶。

然后终于便有冷来,徐徐袭来。

拂去的生命在大地中找到归宿,蕴藏着新的生命。生命原本便是这样无声无息地从寒到暖。这样地飘洒、埋葬。

秋来也便有沉积有落叶。很寻常又非常。

于是,很多时候做了很多傻事。被秋雨困在家的时候,便拿本书,无聊地看,报纸和乱七八糟的东西堆了一地,自己坐在地上百无聊赖地翻,这是秋雨的事,原本。偏我不能责无旁贷。

秋雨中忘了很多事,忘了问爸妈一声好,忘了哥哥的生日,忘了让自己开心,忘了风,忘了天忘了地。总之躺在床上睡的时候,一切都忘了。

情感像一只断了线的风筝,在天空中懒懒地飘,不知是什么时候,该降落,不知道降在何处。在一间封闭的屋子中,让思绪随着情感流淌。生命原本是自由的,且让情感亦自由。

三

想起那时到处是歌舞。中秋夜的校园。一切很柔和,空气中弥散着兴奋。靡靡的音乐撩拨着朦胧,给每一个人罩上一种甜蜜的感觉。

是一个很美的夜晚。所有人都快乐得要死的日子。音乐是一种纽带，连着不同的心灵。人世间也便永远地跳动着每一音符。

这时候做一切事都是徒劳的，除了跳舞。跳舞使你忘了一切的烦恼，除了传播欢笑的神经还在不知疲倦地运动。

舞出来以后才知月亮很孤独。舞散曲散。秋月明，秋风情，秋人无奈到天明。那秋辉冷冷地唤不起一丝暖意。兴尽，晚会却是更多落寞。

母亲一定在月下看着不知什么，也许会对父亲说："梅儿可能在读书，也吃不到月饼。"

欲哭。秋月惨淡。那月再明亮亦不能和太阳的温暖比。我生命的太阳，我至爱的双亲。

那是一个团圆的日子。也许今后永远地这样远离故土，在异乡让自己陶醉后清醒。

清醒后便是更多的乡愁别绪。

四

有邻人放鞭炮，响在我的窗。有一种过年的感觉。过年了，对自己说。其实，没有，是过中秋节。中秋节的月亮被云遮住了，因为下雨。

故乡离我很远，昔日的朋友天各一方，突然的一天接到一个儿时朋友的来电，电话里他的声音很怪，像是从地底下传过来的，惊奇诧异让我觉得一切都不真实。他祝我中秋快乐。

中秋节别人都回到家里了。吾之世界只有工作。给朋友打电话,说他忙得要死,有一篇论文要赶着交,兼职的公司又派给他许多的事。这是他的世界。一下觉得世界对我真是窄得可怜。只好说也有一篇文章要赶着交,各忙各的事吧。

有什么办法呢?做报人是二十四小时的,全天候的报人,只有拼命工作才对得起自己,才对得起欣赏吾之人。

中秋夜是美丽的,怎么吃月饼呢?对着月干吃吗?一小盘月饼,一杯酒,边饮边吃边谈天。这是最简单的。

渴望这样清闲的日子,可是又知道这样的日子在我是一种奢侈,一种梦想罢了。

一切离吾都很遥远,居然想不起来问候远方的父母。当爸妈的声音传过来的时候,于是便哽咽了,父母依然记着这个女儿。

只是吾之菊终于枯萎了。毕竟离开原来的土太久。

于秋,菊开菊败。

随处安身

跪在地上,一点点地擦拭地板。天冷起来,水也变冷了,手伸进水中是冰凉的。没有办法,喜欢洁净,只好努力干。有一个舒适的环境是最奢望的。上大学时七个人住一房间,想安静都闲不下来,彼此迁就,每个人做一件事都会影响其余人的生活,不过大家相安无事。一开始极愿收拾屋子,后来才发现这是一件吃力不讨好的事,大家的东西都堆在桌上,一收拾反而找不到了,于是东翻西找,结果反而更乱了。不过屡教不改,虽然如此,却总忘了教训,依然想努力将零乱的屋子整理好。

工作以后借住一间屋子,便一点点擦,恨不得不留蛛丝。已习惯了在干净的环境中生存。很希望自己能有套房子,这是最大的愿望,一定会将它布置得很好。

那时的办公室是一个很大的屋子,有十四个人。国庆前夕说检查,大家一齐动手,主任亲自擦玻璃,移桌子,顷刻间面貌焕然一新感觉大不一样。在一个窗明几净的环境中心情也明亮了许多。

之后,我们都在清亮中度过。在一份美丽的空间中度过是很幸福的事。

意想不到的事很多。大学毕业后居然自己能住一套房子,虽然是别人的,但暂时归吾管。空荡荡的,只吾一人。可做的事很多,翻跟头打滚都可以,没有人提醒你不要太放肆。

搬家时也有别来的情趣。想起助搬家的朋友在七月的烈日下汗流如雨的情景,便知这一切得来不易。虽然全部家当并不多,但把死沉死沉的书杠上六楼,还是累得朋友气喘吁吁,吾却只有一杯隔夜茶相待。朋友喝了水摇头:"怎么又一股尘土味?"只有讪讪地说:"以为这地方已很久没人来了。"

于是费了老鼻子劲擦地板,擦家具,擦台子,当尘垢都转移到脸上时,对着放在明净如水的桌子上的镜子苦笑:生活真不容易。重新摆置不多的家产,使小屋盎然有人味是一件乐事,费了很多心思把能用的安置得恰如其位,也是一件让人发现自己伟大的事。于是便想起一句话:人的潜力是无穷的。

累过以后看着小屋的生机便感到开心。其实生活中的快乐事很多,能自寻快乐的人才是最幸福的,在劳累中让自己快乐更重要。

买了一盆茉莉放在屋内窗台上,早晨睁眼便能看到它,晚间入睡还能闻到缕缕淡香。有花陪伴已很满足,时不时凑近前去嗅一嗅更是满心舒畅。独处时便要多给生命画一些油彩才不会孤寂。

晚来在屋中透过窗棂看万家灯火，听千家嘈杂声便知世界和自己仅一墙之隔。躲在屋中看书却又宁静异常。静和动便游荡在身边，一墙之界便有很明显的分隔。世界很大，自己的天地虽然很狭小却是融在世界中的。

床前的一盏红色的灯给小屋罩上一种霓虹的光泽，便感动生命的绚丽与安宁。世界的一切很复杂却又简单不过。人们在天地间各有空间却都不得不为生存奔波。于是想人活着便是生命的伟大。

有一处庇身之所便感谢上苍对自己的慷慨，于是也便珍惜小屋中的时光，感动静处时的心境：人不能总是无缘无故自寻烦恼的。快乐的事总是很多。

共享屋檐

想自己做事总是马马虎虎,总是惹妈妈担惊受怕。母亲总是忧心忡忡地看着我:"离家这么远自己过,行吗?"只好灿烂一笑:"放心。"

其实想起来真正让母亲能放心的事不多,不过很幸运,总能遇上好人。

住在六楼,楼下的阿婆每日坐在门洞前,见我回来,总要微笑地打招呼,初时我以为她在和别人讲话,后来才不好意思,知道这不知名的阿婆在问我。点头亦笑,她身边的一个很小的女孩便乖乖地说:"阿姨走好。"

每日都有好心情。住居民楼并没有"高处不胜寒"的感觉。知道这温暖来自这一老一少,注意到此幢的楼民皆能接受到这微笑。

可是我做事真的很马虎,不知道怎么样才能补我的一个差错。

有一天风很大,回家的路上才想起晒在凉台两天的衣服还未收。等收时便发现少了三件。下楼告诉阿婆此事并询问她是否看见。

"没有。"她说。她很着急。

说是风吹走了,算了。可感到不安,因为从阿婆眼中明显看到一种抱歉。"都怪我,我该提醒你们这些娃子的。"她很不安。

以后的几天她每次见到吾,都要问找到没有,她说话的时候显得很自责。

觉得自己在做一件傻事,无端地给阿婆平添一丝烦恼,老人总爱把一件小事看得很严重。不知该怎样安慰阿婆。

好在几天后有一位夜间清扫的工人把衣服送来,阿婆才好似长长松了一口气又挂上了微笑。亦如释重负。"即使衣服丢了又有什么关系呢?人情丢了才最着急不过的。"告诉妈的时候她这样说。于是便又笑着给妈讲那些逸闻轶事。

有一天晚上回来开门,左拧右拧就是打不开。吓坏了。跑下楼告诉阿婆问她是不是有贼进屋把门扣上了。阿婆在儿子的保护下,颤颤地爬上来。她儿子终于打开门的时候告诉我说是锁坏了,阿婆看着吾乐了:"你这孩子吓人一跳。"

母亲于是更替吾担心,问是不是还有别的"险情"。知道自己该闭嘴了却讪讪地说了一句:"没有关系的,反正总有人能帮我化险为夷的。"

人生活在社会中,首先应有 个屋檐,然后才能生存。有一段时间住在一间小黑屋。小黑屋很拥挤，位于的地盘却很有名，末代皇帝在天津的行宫。借住的集体宿舍是三个人一房间的。初进来时，潮味很浓，似乎很久没有人住了，窗帘黑黑的，已经很久没有拉开过。禁不住掀开一角，便有阳光炫进来，很不适应。

在黑暗中生活久了有时会麻木，和光明的东西接触居然不敢接受。就在一种自我安慰的心态中住进了这间屋子。不明白有些人为什么住得那么好，有些人又活得那么糟。

自己只是一微小分子，一轻轻颗粒罢了。不需要太多的空间，一方寸足以。这只是对生活的要求。然而还是希望自己活得更好些。坐在朝阳的窗前写下文字的时候，对自己说：不要欺骗自己，窗外就是阳光，放它进来。窗外的世界很大。却独自坐在桌前，拉上脏得发黑的帘子，对着一纸笔，一张纸，倾吐心声。

常常感到一丝头疼，在这个环境里每日麻醉自己，觉得是一件很有意思却也很无奈的事。为什么总有一种阳光照不到的感觉？

屋中另两个女伴，一个忙着离婚，一个忙着结婚，不会有闲情管吾之杂事，也不会有闲心管屋子的变化。然而不敢动那小屋，我是后来者，这是义务。有放阳光的自由，却没有让世界重新布置的权利。

世界原本是什么样子的，该是改不了的。真的，不相信自己的能力。

从哪里来的不知道，上帝并没有派吾来改变世界。只要静静地活着足以。活着不是受苦，活着却是要有次序。

从大院中捡来一铁转椅，经人修理居然做得很稳当。两个女伴忙着她们的事，常常一个人待在屋子中的时间多。这让吾自由，还是原来的吾：开朗活泼调皮可爱。可还会无端地哭，掉眼泪。

刚来的时候"小黑屋"因那眼泪更加潮湿了。

然而,小黑屋还是渐渐干燥起来,也许并非因吾之出现。世界总在一天天变好。小屋的潮味渐渐有了女孩的芳香,并非吾特爱装扮。

当阳光射进来时,三个女人的房间会很美丽。一个人是渺小的,不会让世界改变很多。一个朋友说"世界离了我照样转"。感到那份无奈,却又佩服说出那番话的自嘲。起码,知道人的存在是多么微小。

依然叫自己的屋子为小黑屋,虽然它变了很多。

小黑屋却不是自己的空间,是和人分享的。

很珍惜在小黑屋中的一段岁月。从黑暗走向光明。

迷 糊

不知为何那时他们都叫吾小迷糊。

那是在报社的昵称。

他们时常打电话过来,询问小迷糊怎么样了。

便有些汍澜。

他们均是怃然,以为吾之离去在冬日里缺少了温暖的话题。

我的这些报人朋友们,常以为我今生已欠他们太多太多,让吾在任何的角落都无法掷去他们带给吾之一身芳菲。

母亲来信说,留在家中的巨像每逢过年时均要摆出几天,让去家里拜年的人亦看到吾。

很有被人祭拜的感觉。那巨像。

忆起那巨像的来龙去脉来。

离国的时候很匆匆,离前一星期才告诉同仁们我的去期,他们便有些疑窦,以为吾在和他们开玩笑。吾说真的,他们便急了起来。

那是混得至好的一帮哥儿们报人。于是便有一个盛大的酒筵送吾。在那个城市里一个最神秘、身价极高的俱乐部里。他们选了那个地方是要吾心中永远有一片阳光的,因那俱乐部曰阳光俱乐部。他们是默然祝吾在以后的路上不要有太多的暗淡日子的。现在时常觉得手中握着他们给吾之阳光,走过每一个黑夜。

酒筵上他们便送给我许多礼物,最后揭去幕布的竟是一巨大的像。吾之照片。吾被拍了那么大镶在一框里,对着人笑。看着便呆了。

下午搞摄影的哥儿们说要给吾照相的时候,有些心不在焉。他带吾去那个城市的一座叫皇宫的摄影室,那个地方是本城情侣们婚妆最浓的地方。每个去的人脸上都溢着最最斑斓的笑容。

只是心不在焉,任化妆师在吾脸上随意上妆,任屋里柔和的耀眼的光打在吾脸上。没想到晚上自己便会被凝固成那么大,像油画一样被嵌起来。那镶在琥珀色框里的照片是他们送吾之离别纪念物。

那种感动是流动于心的。那瞬间的永恒是他们留给吾,让吾记住那段阳光灿烂的日子。

和每个人都干了杯,每个人都开始讲吾之种种轶事,每个人都嘱吾一路珍重。

那个筵席吃得很慢,很慢很慢。

很仰视的一位头儿缺席，这令吾很遗憾。他回老家探亲时还不知道吾之行程。他是本城最最知名的记者，每个人都称他为鬼才。没想到他会在席上打电话给吾。可以想象他在老家的小城里满街找能打长途电话的窘状。他在本城是能呼风唤雨的，即使在京城的新闻圈也是被极推崇的。他原本是陪母亲去小城怀旧的，吾之离去打乱了他在小城安宁的田园日子。

他把电话打到另一个部头的手机上，把时间选在筵席上和吾话别。听到他火急无奈而充满磁性的声音传来时，真真便有些凝言语塞了。他骂吾恰选了他不在的日子离去，狠狠地。

没有解释。知道不是的。知道他在的日子是报社里最热闹最快乐的日子。是没有选择。

接完电话很怅然。不知道匆匆的离去是否辜负了许多人对吾的用心良苦。

俱乐部的舞厅灯光也笼着一种别愁。每个人都要和吾跳一支舞，跳完后，哥们姐们一起随着强劲的节奏舞动，跳最好玩的迪斯科。

那个晚上似乎很长。

对自己的选择开始迷糊了。

曾和几个朋友一起在报上开专栏，所谓小迷糊信箱，先要迷糊歪批别人遇到的疑处，再要为别人出一馊主意，告诉他们怎样摆脱尘世的烦恼。居然边有人信了小迷糊是有许多睿智的。其实连自己的困惑都解释不清，却还要给别人洗脑，真有些误人深深。

其实常常犯迷糊。常常想原本祖辈是草原上的胡人，赶着牛羊，在浩渺的天际间自由自在地游动。其实很怕局促，每个人都被装在火柴盒似的房子里，像火柴一样慢慢地燃尽。猜想有一天会回到祖先生活的地方去。

又选择了另外一个大都市给自己住。这是吾之迷糊。

他们凑了一千美金给我,说以后的日子或许有许多的艰难,有些资本心里才踏实。一千美金于吾是一个非常的概念。知道他们的生活都有自己的难处,想象着他们每个人把人民币集在一起又去街上找人换成美金的情景。不知道这一千的美金会带给我多少次的欣然。

在初到新加坡的日子,那一千元的美金的确给了许多的踏实。常常想他们原是有意让吾欠他们许多的,吾喜欢。

很早的凌晨,他们都起了大早,开了车送吾。五月的晨风微寒,吾说回去吧,他们说等你上飞机吧。我们在机场的餐厅吃早点,他们说,多吃点吧,可能几年喝不到这样的粥了。强迫自己咽下了那许多的米粥。

他们现在搬进了据说是本城最高的报社大楼。里面有健身房有二十四小时的保卫。那座楼是本城的十大景之一。他们说等小迷糊回去带小迷糊去楼顶吃旋转餐厅。想象着他们在那座本城最高档写字楼里的惬意。

常在遥远的地方给他们最真心的祝福。

他们常问新加坡的冬天冷不冷。吾走后他们在吾原来的办公桌上摆了一个小泥娃,叫那泥娃小迷糊。他们常常早上上班的时候要和那个小泥娃打招呼,下班时要和泥娃说再见。可惜泥娃没应答。

冬天的时候,他们怕泥娃冷,拿了一块很美丽的小布,给泥娃蒙上,说,小迷糊,别怕冷。

很迷糊他们为什么会对小泥娃那样好,迷糊得泪眼一塌糊涂。

燕来兮

又见马燕红。长长的头发已不见,短短如清汤挂面般的刘海,使她越发瘦削。坐在邻座,或思或语都让人想起很久以前的那个潇洒的冠军。

在那个夏日,对马燕红的感觉似流水般滑腻。许多年前的奥运会高低杠冠军似已飘得很远又似重现,搅动的记忆不得安宁。

许多年前,一只燕子在高低杠上飞舞,洛杉矶奥运会的金牌榜上也便多了一个隽永的名字:马燕红。红色的紧身衣,飞杠,腾跨,当历史凝成一瞬,那个梳马尾辫的马燕红便以其轻柔的舞动惊动了世界。

又见马燕红。脑子中却是那永恒的瞬间。不敢相信人要长大,以一种成熟去面对现实,不管曾经拥有的是多少失落还是辉煌。

岁月总让人觉得平淡,忧郁的马燕红。总觉得许多年前的冠军心中笼着一种淡淡的哀愁,说不上是什么东西,或只是一股若有若无的感动。这感动来自时光的流逝。

提起中国第一位女子体操世界冠军的名衔,她淡淡地说,那是许久许久以前的事了。马燕红说多年前她退役后去了美国,年初回来后先做点商务方面的事,据说是注册了一家国际体育管理咨询公司,正在寻找发展的机会。

从美国回来的燕子,感觉她已以平常心对待世界。美利坚充足的阳光在她眼角留下了细细的纹路,山姆大叔的袒露已融进了她的骨子。她舞动起来时你能感到她的狂热,她说很喜欢欢快的音乐,在美国时总约一些朋友去跳。迪斯科是一种在众人的喧闹中独自舞动的音乐,音乐让你离群,又让你时刻有友在旁相伴。

在她心中总掩着似乎很多的沉淀。在众人喝彩中悄然离去又默默而返的经历,表述的是怎样的一种心情,不得而知。只是知道她会忽而话极多,忽而又默默无语,看起来心事重重。

曾感觉彼此生活在两个轨道,忽然有一天两个时空融在一起,便感觉时空的奇妙。以我,只是用旁观者的神情看马燕红,忽然便觉许多年的光阴过去了。

她说在美国很苦的,但比起在国内练功时的辛苦则算不上什么。回来是为了寻找,寻找更利于自己的支点,因为她现在的空间已跨太平洋。

不明白她为什么要选总经理的位置给自己做,印象中她只是一个小天使,在两个起伏的杠间不可思议地翻飞,传递的是一种流动的悦目。

她说自己正在寻找一种机会,回北京以后生活的圈子很大,这个圈子包罗了京城所有的雅士名流,眼中的世界自是又比外面多了一些。又说她正在计划赞助日本的一项马拉松跑。说这些话时她的手指下意识地夹在一起,做出一个动作,不过手中没有烟。

是和作家王朔一起见到马燕红的。马燕红能驾着车,把当今中国最痞的作家从北京载到天津来,又和王朔神情自若地跳贴面舞,这使吾诧异。在舞池闪烁不定的霓虹灯里,看不懂她。

想起那首歌:小燕子,穿花衣,年年春天来这里,我问燕子到哪里去,燕子说,这里的春天最美丽。

她包中放着一个很小的 BP 机,留下号时她说有事呼她。那支歌便一直在耳边响,忽远忽近,觉得那只归来的燕子真的是飞过了很多的山水。

明星凡童

部三 女记·风季

　　这曾是做记者时经历的过往,似乎一切还历历在目。爱,不会随时光而流逝,只会储藏在心中,时间愈久,发酵得愈浓。每次搬家整理照片时,都会看到那些和蔡国庆金铭两人的合影,总是勾起在那个特别的"六一",特别的心动和行动。

　　在我们充满色彩的都市中,有这样一个苍白的角落——儿童医院重症病房;在我们充满欢乐的生活中,有这样一群不幸的孩子——儿童医院病房中的重症患儿。

　　这是不幸的阴影最沉重的角落。窗外,是生机勃勃、五彩斑斓的世界;病房内,属于孩子们的却有太多的泪水和苍白。这里有许多失望多于希望的孩子。他们中的一些人,几乎没有实现自己梦想的希望。这是一群身处无奈又那么热爱生活的孩子,这是一些瘦削、苍白又有五彩梦的孩子。

这是一群特别需要爱的孩子,这是一群特别需要关怀的孩子。看惯了太多生活中孩子们的笑脸,我们将目光转向这些生活在病魔阴影中的孩子。我们讲述关于这个角落的阴影和阳光,我们讲述关于这些孩子的不幸和幸运,我们讲述特别的爱心、特别的关怀,我们讲述真诚、希望、明天。

拥有爱心的人们,能做点什么?从而不使孩子们的梦想同他们久病的面孔一样苍白。从而让孩子们在生命的里程里,更多地感受到一点人间的欢乐、美好、关怀和爱。从而让孩子在人生的时刻,多一点宽慰和满足,少一点失望和遗憾?

"六一,还孩子一个心愿奉献爱心大行动",在"六一"这个属于孩子和欢乐、属于阳光和生命、属于未来和希望的节日,最大限度地满足儿童医院重症患儿们的心愿,圆孩子一个美丽的梦。

特别的爱奉献特别需要爱的孩子。

特别的关怀献给特别需要关怀的孩子。

特别的行动还特别的孩子一个特别的梦想……

晓燕是个血液病患儿,她寂寞地住在医院一个多月了,除了打针吃药,每天只能趴在窗口看着外面的世界……晓燕不明白自己怎么会突然得了一种奇怪的病:头晕难受、走不动路、双目充血,一只眼睛近乎失明。她不得不离开家乡的牡丹花,离开小伙伴,离开书本,离开歌声,走入一个白色世界:白色的床,白色的护士服,还有她那张苍白的脸……

妈妈和护士都说:"晓燕这孩子太懂事了,有着她这样年龄还不应有的成熟。"她默默地配合各种治疗,安慰同病房患儿,从未提出任何要求。"六一"节前,她终于吐露出埋藏心底已久的最大心愿:"我现在不能读书写字,但我需要歌声,特别爱听蔡国庆的歌;如果有可能,我真希望蔡叔叔来到面前,拉着我的手唱支歌……"

这是一个孩子的心愿,一个患了血液病孩子借儿童节提出的最大愿望。富有爱心的人们,怎么能忍心拒绝?

我曾经领命,和蔡国庆联系,看他能不能替晓燕还愿。蔡国庆的确是个大忙人。他"六一"前后日程已排得满满的:人民大会堂演出,中央电视台晚会,香港、美国出访……向他讲起黄晓燕的故事,讲起"天津还孩子一个心愿"奉献爱心大行动,歌星被深深打动了,表示即使推掉一些活动,重新安排一下时间,也一定到天津来看晓燕。

晓燕的小病友杨旭,她最大的心愿是见到"小婉君"金铭。"妈妈的同事都说我和金铭长得相像,我真想亲眼看看她。"

那时金铭家里还没有电话,我拨通金铭家附近一个公用电话,和金铭父亲联系上,从话语中听得出他很激动:"金铭也是孩子,孩子们的心最容易沟通,你们的活动非常有意义,我将尽力支持、安排金铭去天津!"他还介绍了金铭近况,金铭现在几乎成了"中国人大家的女儿",全国各地差不多每天都有活动邀请她参加。小金铭每天早晨七点便背着大书包去念书,下午提前向老师请假,四点赶到中央电视台,晚上九点回家还要熬夜至十二点补习功课。

金铭知道天津有个同她年龄相仿的小伙伴在病房中想着她,她心中涌动着一个愿望:到天津去,给小伙伴唱支歌!

蔡国庆晚上十一点多才录完歌,回到家很疲惫,电话听筒里传来他有些颤抖的声音:"我很想马上见到那些孩子,我真想为他们做些什么,虽然我不可能天天去看他们,但我希望自己能给他们带来一丝的温暖。我相信这个世界善良的人很多很多,这些孩子们在社会的爱中一定会走出病魔的阴影。我知道自己的力量是非常微弱的,但我一定会尽微薄之力,让孩子们感到快乐。"

蔡国庆把这件事看得很重,列入他当年活动最重要的一项。"孩子们让我知道我需要做更多的事。因为孩子是我们全民族的希望,你们正在做一件谁也说不准能产生多大影响的大事。"

成了名的小婉君金铭,活动日益增多,"六一"期间更是忙得不可开交,她几乎成了中国少年儿童的"偶像"。十二岁的金铭自尊心很强,要完成艰巨的学习任务,当"三好生"。她实在太疲倦了……

再次通话,听筒里传来金铭母亲有些为难的声音:"金铭自己非常愿意参加这次活动,我们做家长的也十分支持。六月一日以后,我们随时听你们安排。"金铭的母亲讲起一件动人的事。她曾在中央电视台排练厅碰见蔡国庆,蔡国庆向她很是"游说"了一番,仔细讲了天津这次"六一"活动的前因后果,并极力劝说她让金铭同他一块来津……

用不着过多的语言,一切为了患病孩子的宗旨,使全社会人的心相通,不论是明星或者普通百姓。

他来了。没有高额出场费,没有众多歌迷簇拥,蔡国庆风尘仆仆登上儿童医院住院部的楼梯……一位身着连衣裙、手捧鲜花,脸色苍白,却抑制不住心中兴奋的小姑娘出现在蔡国庆面前。当医护人员告诉他,这就是日夜思念蔡叔叔的黄晓燕时,歌星的眼睛湿润了,动情地拉住晓燕的手:"我相信你一定会好起来的,成为最快乐的孩子。"

天天都在听着蔡叔叔的歌,想着给蔡叔叔送个什么礼物的黄晓燕,此时觉得自己是在做梦,她已不知道说什么才好,千言万语化作一种心愿满足后的幸福享受……没有音响伴奏,没有灯光,只有一群活泼可爱却病魔缠身的孩子围坐在蔡国庆周围。

孩子们拍起小手为蔡叔叔打着节拍,一曲清唱《三百六十五个祝福》从歌星的心底发出:一年有三百六十五个日出,我送你三百六十五个祝福,时钟每天转了一千四百四十圈,我的心你的心都藏着一千四百多个思念。每一天都要祝你快快乐乐……

歌声感染了在场的每一个人,人们也许第一次听见蔡国庆在这样简陋的条件下演唱,更是第一次感受到这歌声如此动人……

蔡国庆抑制不住激动的心情:"爱是一条锁链。我们每个人都是爱的锁链上的一环,只有每一个环节闪闪发光,人们的爱才能紧紧相连。我今天来给孩子'还愿过节',又像回到自己的童年,孩子们也给我过了一个快乐的节日。我爸妈如果看到我和孩子过节日,说不定会掉泪……"

孩子们纷纷把自己准备好的小礼物送给蔡叔叔,蔡国庆也拿出自己从北京带来的礼物发给每一个孩子。他从脖子上摘下一直伴随着他的护身符——一个"翠玉蝉"亲手戴在黄晓燕的胸前:"我一直觉得自己非常有福气,我很想把这种福气传给你,传给每一个人,祝你平安。"

我对他的这一举动甚感吃惊,因在接他来津的车上,他曾透露那件"翠玉蝉"是他一个最好最好的朋友到海外去时送给他的,他一直随身带着,绝不肯轻易送人。

蔡国庆还到血液病房和肾病病房,看望那些正在接受治疗的患儿,听孩子给他唱歌。面对这些可怜又可爱的孩子,歌星道出人间真情:"我最想说的是,只要社会多一份爱,医护人员多一份辛劳,孩子们就多一份福气……"

在孩子们留恋的目光中,蔡国庆带着牵挂道别,他深情地对始终跟在他身边的黄晓燕说:"我希望你每天都像今天这样快乐。好好练歌,下次我再来看你时同我一起唱,好吗?"他嘱咐孩子们:"六月一日晚上,我在中央电视台晚会上为全国小朋友唱一首新歌《记住》,你们别忘看电视啊。"

"谢谢你,蔡叔叔,我一定记住你的话。"黄晓燕与蔡国庆难舍难分。

在返回北京的路上,我问蔡国庆对此行是否满意,蔡国庆的回答很直率真挚:"我的确辞掉了许多活动,包括天津'月季花'节演出邀请,但这次活动我不能不来,最重要的是在于活动本身。"他感慨地说:"中华民族是一个善良而富有感情的民族,只要能触及中国人的心灵深处,每一个人都会自觉自愿地奉献出爱的火焰。"

蔡国庆带着自己的爱来到患儿身边,又把孩子们的爱心带回。在一个"爱"字的拥抱下,歌星与孩子们的距离一下子拉得很近很近……

小患者杨旭终于如愿以偿!她心目中的小偶像金铭姐,同爸爸妈妈一起从北京赶来看她了……一向沉静羞涩的杨旭像变了个人,献上一束鲜花,表达了思念,表达了兴奋,表达了千言万语……

金铭和杨旭,两只童稚的小手紧紧拉在一起,久久不愿分开,两颗孩子的心从此相通相连……

小金铭一时不知说些什么好,曾经历过许多大场面的"小婉君",终于知道还有那么多需要特别的爱的同龄人。她忘却了连日来参加各种晚会演出带来的疲劳,忘了繁重功课的压力……

"爸爸妈妈告诉我天津发生的事,我愿这些住院的小朋友早日好起来,和我一样快乐。"说到这里,金铭已控制不住自己的感情:"我要给杨旭和其他小朋友唱一支歌。"一曲《旋转木马》,飘荡在儿童医院的病房中……

歌曲成了孩子们此时最好的交流方式,杨旭和小病友们,以一首《小婉君》主题歌,向金铭姐倾诉无限谢意……

来津以前,金铭曾问母亲:"你说'六一'以后不参加社会活动了,为什么我们要去天津?"金铭正面临升初中的压力,要把自己连续六年的"三好生"荣誉保持下去。当母亲耐心地讲起小杨旭的事情,讲起天津献爱心活动,她便扑闪着大眼睛苦想:我该带什么礼物去天津呢……

在她的催促下,父母当月五百元工资变成了她带给小患者的一大包动物玩具。金铭首先抱起一只小猴子递到杨旭怀中:"我属猴,猴子聪明,我愿你每一天都聪明快乐。"她还把一沓签过名的画片和其他小玩具分发给周围的小朋友们。

这是童心的交流,不掺杂任何污尘,展现给人们一个纯净的世界……不仅震撼着孩子,更打动了所有在场的人。

杨旭的母亲拉着金铭母亲的手哭了:"真的太谢谢你们,只有你们这样的好人才会让自己的孩子来。我的孩子听到金铭要来的消息,已好几天没有睡好觉了,她天天念叨着'小婉君',天天看金铭的录像带,嚷着要快些见到金铭。你们那么老远来,实在太辛苦。我不知该怎么表达作家长的心情,我的孩子得到这么多人的关怀,我一边念报纸一边流泪。"

金铭的母亲王玲玲的眼圈也湿润了,她有些哽咽地说:"看到孩子们交换礼物,我心里有一种说不出的滋味,作家长的都希望自己的孩子心灵上没有阴影,我衷心祝愿你们的孩子早日健康,像正常孩子一样生活学习。金铭如果能给大家带来快乐,我比什么都高兴。"

金铭和小杨旭更是难分难舍。小杨旭送给金铭的贺卡道出她心底真情:"愿我们心连心永不分离,愿今天给你留下美好的回忆。愿我们的友谊天长地久,愿我们共同努力创造美好明天。"金铭似乎无法用语言安慰自己的小知音,始终紧紧拥着小杨旭坐在一起。护士给她端来两瓶"娃哈哈",她摇摇头宁愿喝白水:"因为小杨旭有病不能喝,我也不喝。"没有精心雕琢堆砌的语言,没有任何修饰的表演,生活中的金铭真实而可爱,她被杨旭讲的这些天来社会各界对小患儿的关怀深深打动……

金铭不得不回去了,她只请了半天假,还有好多好多功课等着她做,转天早晨要去上学。她哭了:"杨旭,我会再来看你的,你快好起来,再来时我们一起跳皮筋,好吗?"

车窗外,杨旭挥手向金铭姐道别,她搂着母亲,流下幸福的泪水。她的愿望满足了,她将无憾地迎接崭新的明天……

特殊的日子,特殊的爱。只要有爱,熠熠的明星,心都是柔软的。

陈道明之嘎

做记者最大的好处，是可以看到幕后的景象。很多没有在台面上报道的，通常是最有趣的，天津是个很人文的地方，离京城太近，既是优势又是劣势，天津混在文艺界的名流，都住在北京，天津只是后花园而已。

曾在后台看到陈道明，只是好奇，作为一个追星者，利用记者通道，远远观着名人的举动。曾有届《大众电视》金鹰奖的颁奖晚会在津搭台，开着自己的轿车，陈道明大摇大摆地来到现场。西装革履，却戴着一顶白色棒球帽，看着出类超群，有些嘎的味道。

作为嘉宾，他是专门来撕开那神秘的红色信封，当场宣布谁获得最佳女主角奖的。在晚会现场的化妆室,曾突击采访他,觉得他的确"嘎"得厉害。

镜头(一):陈道明从前台宣布完名单回来直摇头:"怎么真是林芳兵呀?!看来电视界犯了一大失误。"林芳兵捧着奖杯回来,陈道明翻来覆去研究奖杯,然后跷着腿对林芳兵说:"你得把我撕的信封留做永久纪念,奖杯就免了罢。"林芳兵则一本正经地说:"您能给我评奖,我荣幸得五体投地,只是千万别叫出国骂来。"

镜头(二):陈道明打趣评奖:"我看拿个奖杯放在家里跟放个大铁疙瘩没什么两样,你看人家谢园,没评上奖,戏不照样演得特棒。"闹得谢园脸直红,手不知放在哪里好。

镜头(三):陈道明对刘威的妻子何晴说:"拿个大顶吧,我就告诉你刘威得奖了。"清丽的何晴还真不含糊,当即靠墙来个倒立,马羚在一边直嚷:"何晴,你穿着裙子呢。"何晴孩子气地腼腆一笑:"我穿着紧身裤呢!"陈道明则嘿嘿一笑:"刘威修到一个多好的媳妇。"

做起事来陈道明有时真是"嘎",不过谈起问题来,倒蛮有自己的想法:"我没出演《北京人在纽约》,只是我觉得角色并不适合我,没有别的原因。这部戏的确很火,我却没有什么遗憾的,当然也不会嫉妒。正像获奖,评奖只会让人紧张,未必真能促进演员艺术生命升华。"日臻成熟的陈道明坐在一群花枝招展的女演员中间显出很强的气场来。

近距离观察,原本明星皆是凡人,身上的光环都是媒体添加的。

一面之缘刘德华

回国到天津,被朋友请在利顺德喝茶。新装潢过的利顺德,富丽辉煌,宫殿般骄傲地矗立在海河边,像一个贵妇,见证着天津的历史。品着茶,想到的是多年前在那里和刘德华的一面之缘。再回老家,找到一包自己的东西。里面有一张和刘德华的合影,黑白照片,一张纸那么大,不知被什么人做了塑胶膜,保护得很好。和刘德华匆匆一见,是很久以前在天津日报工作时的福利。

彼时是个意气风发的小记者,还掌管一个版面,不知天高地厚,经常跨界采访,当年不懂,有个姐们记者对吾特好,总是带着吾去抓新闻。后来入行一段时间,才有老编辑隐讳地告诉我,不要抢别人的饭碗。不过很快又开始做起新闻记者,可以采访各个方面,却似乎没有刚入行时的激情四射和豪情万丈。

多年过去了,当年的战友们,天各一方,人生都有着不一样的轨迹。还留守在报社的哥们,从数据里找到了当年吾采访刘德华的文章,读来竟不是一记者的文字,纯粹一追星族对偶像的近距离观察记录。摘录一段,缅怀一下逝去的岁月。

难得留宿天津一夜,刘德华住在利顺德饭店的总统套房208,那个房间据说孙中山北上时曾住过。晚上八点刚过,总经理田玉堂带我去208。

几乎是悄无声息地走进208房的。刘德华正戴着一副白边眼镜,像孩子一样坐着,在认真地看电视。他好像不如想象中的高大,穿一件淡绿色的衬衣,一条牛仔裤,脖子上挂着一个十字架,左手上很奇怪地套着十几个五颜六色细细的彩环。

田总把一份利顺德国际名人俱乐部的表递给刘德华,请他成为会员。当刘德华听说会员每月有一次到天津参加联谊活动时,他笑了。他填了表并说时间没保证。刘德华坐在孙中山坐过的椅子上,他周围站着一圈饭店工作人员,大家都静静地立着,却挂着丰富多彩的表情,于是饭店的摄影师便拍了差不多一卷胶卷。不知刘德华坐在那怎么想,是不是找到了当总统的感觉?

在和他合影后,请他给我们的报纸写几个字。"本地最大的报纸?"他问,语调平缓而随和。白天忙碌了一天,他的精神看起来很好,没有倦容。然后想了一下,很认真地写。华仔看着那张纸笑了,那是很漂亮的字:"给天津日报的读者们:开怀!!如意!!刘德华"。"刘德华"三个字则像一只舞动的凤凰。

刘德华在饭店人员陪同下,坐上饭店里中国最古老的一部手动电梯，缓缓开到四楼，去班禅大师曾住过的房间观看。在大师画像前的蒲团上，他跪了下去，于是一股很有独特味的烟充满了整屋，袅袅地飘荡在幽暗的楼道里，刘德华闭了眼睛，他的心中是否想到了他的"来生缘"？

华仔又走进梅兰芳曾住过的房间，他脸上挂着淡淡的忧郁，久久地盯着墙上的一处看，似乎那里有很多的艺术……

部四　女游・閑季

流荡北京

部四 女游·闲季

有一段时间暂住在京城,和北京饭店为邻。据说这是目前在中国最体现身价的大饭店。五星级的雍容华贵让人望而生畏。

看到了许多外乡人在吃完麦当劳、逛完王府井后纷至北京饭店前留影。在许多的夏日里,听到不同的方言在北京饭店前传递着统一消息,透着羡慕的眼神:这就是北京饭店,给拍张照!于是知道北京饭店被许多外乡人留在相机里而传播到全国各地,于是也听说到北京的三大标志是逛王府井、吃麦当劳和观北京饭店。这其中的怀古情绪和崇洋心理很微妙地融在一起。

常进北京饭店打磁卡电话,初始进这家星级饭店,穿戴整齐,然后在一楼的大厅穿行,左看右瞧,看那些陈列的时装多在千元以上,潮州菜和西餐厅里的香味也很奇怪地一起飘荡在大厅里直冲鼻洞。

在长廊式的大堂里的一间珠宝屋前看一玉盘,硕大,里面摆满了呼之欲出的玉刻的虾蟹荔枝仙桃,标价200000元,0多得让人看着眼晕,去多了每次都摇头,只是着衣越来越随便,一次拖鞋T恤地闲荡也无人过问,自得逍遥。

看到许多如我眼晕者。北京饭店的自动门一次让一书生愣神很久,不敢趋前,在旁看着直替他着急。另一回看转门里困一女士,修衣长裙,不知所措地跟着转了好几圈走不出来,表情甚尴尬。

北京打车,司机问停哪,答曰:北京饭店。车到跳下,偷偷走回自己屋,心中念:北京饭店是我家。

都市中很多人有意无意地把自己归为一个什么等级,便有了星级饭店、酒楼、商行、衣饰。自觉平民,只是闲暇无事的时候,也荡一把星级,昔日帝王府,今日贵宾楼,虽觉无聊之极,却亦感触深深。

从住的地方到北京饭店要经过王府井路口的地下通道,经常能在通道里看到几个街头艺人,便有了很深的触动,其中一人面前摆着一架电子琴,摆在地上,口中含着一口琴,于是便口手并用,同奏出一首曲子来,我总是听他不停息地奏一支《北京的金山上》虽然怀疑他也许其他歌奏得不熟或不会,但听到那支歌总是很感动,已经很久没有听这样的歌了。

地下通道很黑,只有很微弱的街灯的光,于是我看不清那奏曲者的面容。有一天,早上和晚上我都路过那通道,两次均看到那艺人,听到那口琴与电子琴合奏起来很奇怪的声音,于是疑那艺人是整天待在那里，不停息的奏那支歌的。我只看那艺人眼光似乎不知聚在哪里，根本不看电子琴前的一个敛钱的盒子，于是不知他在想什么。

还看到通道的一个口上，有一老者，坐在那里吹一笛子，奏一支说不出歌名的曲来，像是很久以前的歌，很亮的笛子声便在通道里扩散开来，像是河边清晨有人对河奏出曲般那样清亮，于是那种感觉，很遥远又很亲近。又有一艺人，下身以下的部分都没有了，像一个墩子一样蹲在那里，他还伸出缺手指的手来去弹那支很久远的歌，和友人路过那里时，总是向他面前的盒子里放上一些钱，虽然不多，只是尽心而已。

不知王府井那条街拆了以后再重新塑造时，那些艺人是否会依然在路口唱他们早已唱熟的歌，会不会有人嫌他们妨碍那一片的繁荣而不给他们留一份自留地？于是常希望哪一天会有人将那地下通道里的灯光弄得明亮一些，好让人看清他们忧伤抑或欣慰的脸。

以证取人

青春独有

　　凡是去中国的边境城市,均要额外办一证:通俗地称作边境证。
　　那一年去深圳,坐上离机场的中巴,售票的小姐就嚷:打一下边境证看。然后过来一穿制服的武警,在外边敲着车窗喊:打开边境证。开动车时售票小姐从武警手里得到了车辆免检条。
　　从机场开出后差不多十分钟,便来到一个关口,看见其他的车上的人都下来,走进路边一幢楼的大厅去排队等检证,车辆则从路边的关口开过去等着。乘坐的中巴因为是机场的专车已经在机场查过,人便不用下去,车径直开过去,没想到竟被一武警拦住了,那个很严肃的人敲着我们的车门让车里的人再打一下边境证。

身边有一位老者,很忠厚的样子,在机场的时候我看见他正在和旁边的人讲话,粤语,听不懂讲什么。机场的那位警察好像也没查他的证。如今这位老者被此关卡的警察点着查证,看他似乎听不大懂要查什么,警察指着我手中的边境证给他看。

那位老者直摇头,好像用广东话说没有。于是那位警察变得更加严厉了,摆着手说下来。老人很不甘心地想解释什么,但好像说不出来,同车的人静静地看着这件事的发展,我看见窗外一辆辆豪华的轿车开过去,没有人阻拦。

那位老人从车厢里挤过去,下了车。那位警官说:跟我到所里去。老人急得直跺脚,无可奈何地敲着脑袋。汗要下来了。看他长相似闽浙一带的渔人,便在心中猜测着他为什么不办证居然跑到深圳来,又猜测着他可能是到深圳看自己的儿子或者女儿,他的家人一定在焦急地等待着他,不由替他担忧起来。

车上有人嚷:"开车吧!"看见那位老者指着车上,警官说:把他的行李扔下来。车快要开动的时候,看见老人从行李中掏出一个浅黄色封面小本子,警官看了一眼,登时表情变了,冲着老者连声说对不起,老人便又提着行李上了车。看他手中的东西,原来是本回乡证。他是香港人,刚在内地探完亲,经深圳惠港的。

时光让吾忘了许多事,对于深圳,有特殊的一份感受,期间遇到的事,便是很多很多,只是过眼的东西,便不愿去写。之所以写下以上的文字,只是不明白,除了以貌取人,以衣取人,现在又有了以证取人。

若干年后,从美国重回深圳,从香港入境,来载的师傅提前问得很仔细:要用一部车,还是两部车?有些不解。师傅详解:用一部车，费用高，此车要有深港两地牌照，好处是过海关不用下来，一车从港直通内地；用两部车，省钱，从下榻的凯悦酒店用港车拉到罗湖海关，自己下去过关，进入深圳境内，有粤牌照车恭迎，可在深圳通行。

居然有这些讲究。嫌麻烦，一车到底。过关时，果然乖乖待在车上，师傅将所有的窗户摇下来，海关官员上来，拿了老丹和吾之护照，离开片刻，回来，还了证件，摆摆手，便打发了这车。多年前携着特区边境证去鹏城的碎片，唤起些许零星记忆。

问师傅：还有什么边境特区证吗？

师傅诧异：什么年头的事？现在随便来深圳。

鹏城已不是昔日的渔村，那要证件的日子，已一去不复返了，三十多年，让毗邻的香港看起来像个县城。只是大陆人去香港，依然需办港澳通行证。

圣邸幽水

曲阜那天是雨后初霁。趴在孔宅古井的边沿,便觉得井里的水升了许多。几千年的井,几千年的水,忽然间感觉孔府里沉淀了许多的人声,许多的物语。

孔子的后人吃了孔子几千年。导游说孔府亦称衍圣公府,因孔子的后代长男均被封为衍圣公,这是中国旧时享有最大特权的贵族,它不受改朝换代的影响,号称"天下第一家"。孔子如果泉下有知,自是得意异常,但最令圣人想不到的是耻于洽商的他如今是曲阜人吃饭的商引子。

孔府家酒、孔府宴酒的广告频频在媒体上曝光,这不嘛,在曲阜的许多旧迹上都是悬挂起孔府酒的广告来，让你的眼中好不浓烈，似乎夫子生来是酿酒的，并家产烈酒。想来夫子应是不喝酒的，因其文中曾批酒色，但不知曲阜人何以大卖孔酒？真是靠什么便吃什么。

再如曲阜街头满地的刻章。曲阜是不产玉石的，偏刻字人推了装满玉石的小车在街上现场操作，那些玉石皆在上面雕出夫子像。刻字小老板们会告诉你五分钟刻字立等可取。价钱从两元到百元不等，各种形态各类身价的玉石孔子随你挑选，拿着孔子玉石章你还可求一签。孔子被刻字先生就这样轻轻松松在街头兜售，真不知若其真有灵，会怎样感怀。

最妙是一群大妈们，抱了厚厚的《论语》、《诗》、《礼》之类的书，追着让你买，或是冷不丁地从腋下甩出一本孔府的几代家谱、孔子的逸闻轶事来，对你讲述孔子的历史，那浓浓的曲阜土音让你对孔圣人的神圣产生怀疑，疑那圣人也是讲这种土得掉渣的方言的，而不是令人想起阳春白雪官话普通腔。

据说每年的九月，曲阜都有孔子文化节。在孔府前面有一条长长的露天商业街，卖各种吃食、各种手工艺品的很多，不过除了圣人的书，圣人玉石外，均是些旅游景点见滥了的纪念品。不过小贩们都会给你讲孔子文化节，眉飞色舞，讲那节来的人多，曲阜一下成了人的海洋，于是旅店爆满、饭堂满客，他们的东西也出奇的好卖。那时你感觉孔子的故事里是一个大集市，文化节是卖东西的好时节。

趴在那井边，想象着孔子的仆人们曾从这打水，然后送给孔子喝，原本圣人也是非人间水食不能活的。只是不知这只比故宫矮三个阶梯而内构则相仿的孔宅，是否真的是孔子歇息的地方，果真是，那孔子岂非一地主形象：远离皇城，仆人如云，深院度日。

想来孔子原本是喜静的，却被现在的曲阜人闹搅得片刻不宁。

那孔庙中有许多的千年大树，走在林中，原本是最安静不过的，却依稀能听到墙外的小贩们起伏的叫卖声。想来圣人当初在此讲学时，也是小贩般操着极大的讲声的，因那时学生众而无麦克风。

轻轻离开曲阜时，想自己不会再去，因不想搅乱圣人的神经，让他言行不一。只是叹竟有那许多的人打扰着圣人，让他安静度过几千年，享受一世的美名后，忽被好事者翻来覆去地兜售，圣人岂不要散架。

想来想去，都觉得那几千年的水已经历风雨，不是原来的水了。

提篮桥

　　住在上海的时候,每天出门就能看到一座 X 形的过街天桥,它有一个很美的名字:提篮桥。很让人想起忧郁的黛玉扛着花锄、提着花篮葬花的故事,然而没有考证它缘何得名,只是感到那个空间给众多的无业者提供了很好的赚钱机会。

　　走上天桥时,时时会被孩童缠住,向你讨钱。那一天走上去时,手中只握了几颗糖炒栗子吃,一满脸脏兮兮的女孩拽着我的衣襟,只好尴尬地将几颗栗子给她吃。另见许多的摆摊人,在桥上卖着些稀奇古怪的小玩意让你挑,价钱便宜得让你吃惊,也让你不敢买。这些倒还罢了,天桥上最让人吃惊的还是那些擦鞋人。

走在上海的街头,常常能看到众多的擦鞋人,一椅一木盒,盒中几块布几筒鞋油而已。然而提篮桥上擦鞋人最多,X形的桥上均是擦鞋人,每次走过去的时候,都被那些人热情地招呼,这些擦鞋人看来年纪很大了,像是许多退了休的老者,满脸的风尘,满脸的笑容。

黄昏的时候,看到擦鞋人最忙,因为那时下班者最多,但是看到擦鞋人的主顾却也不是穿着很豪华的人,仔细想想,那真正的有钱人亦不会跑到天桥上来,自是出门坐车者。

于是看到这样一景:一个小学生背着书包,坐在椅子上,一老者蹲在地上,使劲地擦着小学生脚上的皮鞋。提篮桥上到处响着叫声:先生,擦鞋吧!

有时想想,我们的生活竟也富裕起来,只是老人要苦命赚钱,小孩子们却懂得怎样享受父辈们挣下来的那份并不算丰厚的产业。上海人的生活终是不同,天桥上的景象亦显示出其繁华来。

我们的生活终是渐渐好起来了,只是不知上海昔日旧妇人的雍容华贵是否正在被这些擦鞋者重新包装,那些擦鞋者也许亦是腰缠许多钱财的人呢!

绳　拦

在南方的一座名城待着的时候,每经过十字路口时,总要无语地想上半天,依然得不出结果来,因有件事实在很奇。

这座名城发展速度惊人,十几年竟从一个小渔村长成一个现代都市,高楼之布局让北方客眼睛都会发红。然而你会觉得这城市的大家气派被一些小事干扰得支离破碎。拉绳拦人便是一例。

在每个有红绿灯的交通路口,几个人拉着草绳,来阻拦行人,或放松或拉紧,以配合红绿灯的变换。

据说香港客很不理解,一不明白很现代的红绿灯路上为何还需拉草绳,二不知道这些拉绳者究竟是些什么人。于是就有一天,香港一家销量极佳的大报出现了一整版来专题报道此城拉绳人，命题为"焦点追击"。于是此城众多的拉绳人风风光光的巨照印在报纸上，也暴露了他们的身份：原来他们是一些外地司机，因不知此城规矩，交通违章均被扣下做此工作，以示惩罚。

香港记者赞此城管理者竟能想出如此主意来惩罚犯罪者，堪称世界一绝。但他们依然打着一个大大的问号：原来此城人是必须用拉绳这种很原始的办法来规范素质？

很现代的都市有时会用一些极呆板愚笨的手段来管理，也许是管理者不相信城中市民的自制能力，只是做出来便有可笑之处，而城民也许会因自己不被信任，有可能更放纵自己的举止。此城流入的民众太多，一些原始的办法往往奏效。

大都市的难处常人难以理解。决策者想必盼每个都市人都认真管理自己。

夜　遇

　　本命年那年，注定要四处漂泊。那一天，在一座省城公干，从拜访的人家中出来，已是很晚的夜，冬天。

　　风从脚下来。回到住的宾馆去有很长的路，在街上拦的士，很久都没有等到车，夜越来越冷。这是差不多郊外的路，站在路中央有些背水一战的感觉。

　　一辆红色的大发从身边经过的时候停了下来，车主好像很年轻，黑夜里看不清。

　　问是出租车吗？他说不是。问能送我到宾馆吗？他说上车吧。拉开了车门。

坐在他身边的座位上时,看清了他右脸上有红色的受伤的疤结,他看着很年轻,差不多和吾一样大。口音暴露了吾不是本土人,他问吾从哪里来,是一个人吗。说是的,从天津来。他说那是一个远地方。

看到路边的灯稀疏起来。问是什么道路。他没有回答却问吾一个人出来还怕吗,这世界坏人多。笑着说不害怕你又不是坏人,心哆嗦一下。他说他就是坏人要把我拉到他家去。笑着说我相信你别逗了,心又哆嗦了一下。看到的街景皆是陌生的,毕竟到那城市才一天。我又笑着问这叫什么路。

他车开得很慢,不笑,问住宾馆要多少钱。

吾说两个人住八十元,我的朋友在宾馆等我呢。

他说你不是说一个人来这里的吗?

我说是一个人到街上走,和朋友一起来这个城市的。

不知自己为什么马上要虚拟一个朋友在宾馆等吾,不知道这个虚拟的人离吾有多远,能帮助什么。

他说住宾馆还得掏钱,我拉你到我们家去住不用费钱,我们家没人。

我的脚不由自主地并在一起,笑着说我也很想到你家做客,只是时间太晚了不好打扰。

他说我正在把你拉到我家去,你怕不怕。

说怕。

看到路边的街灯依然亮的很少,冬天的风从车门里挤进来。

说你开得很慢是刚学会开车吧。

他说你怎么看出来的,我开车都一年多了,我拉你到我家去肯定不会出事。

我的手禁不住抓住车门时,听见他说我家到了,该下车了。

心抽紧一下,却看到车外的街灯很亮,住的宾馆就在前面不远的地方。

吾说谢谢你,要给你钱吗?

他说吓你一路权当路费吧。他的脸上依然不乐。

蛮 民

部四 女游·闲季

去龙庆峡玩,据说这是京城辖区的十六大景致之一。皇城根下的诱惑引得好奇者纷至,然而山水之间除了清凉透明的民风外,更有意想不到的离奇。

这件事说起来都听着有些似梦语,信不信在你。

初进龙庆峡门,便有许多脏兮兮的山民走过来,问我们要不要骑马,直送山顶才四元钱。虽然早有人警告我们说在此地游玩马不能随便骑的,但听山民的低语恳求和忠厚的神情,便身不由己地上了马。

山民很可爱的牵着他们的马,一行人便慢慢地走。看起来并不像上山的路,马被牵到一片低凹的稀稀落落地散布着野草的荒地里,然后山民说这是跑马场,问我们要不要遛马,说溜一圈要八元钱,听来嘘出一身冷汗。我们并不是遛马,只要骑马上山。然而山民并不听我们的话,只是一味地低语,说遛马很过瘾的,并牵着马开始在那一片凹地里一圈圈转动起来,不足足球场大的一块地方很快便转了一圈。

坐在马上的我们很被动地被牵着转,这马踩着并不平整的野地和水滩,发出吱吱的声音,听来似暮落时无奈的叹息。不骑了,要上山。同来的人嚷,山民也自觉无趣,停住马,说到了,该下马。一看,还是在原地打转,便很奇怪为什么不到山顶。山民指着眼前的台阶说:从这走上去便是山顶。

于是,便有一满脸胡子的山民走上前来收钱,说每个人收五十元钱,看来似饿狼扑食一般的表情。从四元开到五十元,我们骑马时间大概不超过两分钟。这个山民表情甚呆,一种穷有理的味道,还有七八个山民凑上来,让你觉得很可怕。同行者和他们争得面红耳赤,颇有气吞山河之势,然而最后还是每个人给他们交了二十元,安慰自己,扔到水里,或说捐给山神了。然而一路上仍有山民不断上来问,骑马吗?每听入耳,皮肤相应泛起鸡皮疙瘩。

这地方,来一次足矣,虽然山的确悦目。

情人锁

部四 女游·闲季

　　去黄山的时候，天正下着雨。真是奇怪，每次出游，都要遇上一场雨。

　　黄山脚下的小城笼在雨雾里，真是有说不出的迷蒙。就在那一片迷蒙中，去满街寻找安徽的砚台。是不要买这些东西来附庸风雅的，只是受人之托，要带回去让人欠吾一份人情。在小城拐来拐去，钻进一个像地主豪宅的地方，那是当地的博物馆，馆长写得一手好字，也在卖砚台，以所得款项来维持博物馆的存货。

　　那座博物馆里只不过留着昔日当地最富豪族的一些家居东西和个字画而已，房子虽然雕梁画栋，每一个房檐都被精心地雕琢得纹理斑斑，充满了精巧，却只是让人感到那昔日豪门的刻意求雅罢了。然而砚台是极好的，徽砚便让我想起一些旧日的地主把玩字画的景况，躲在这小城里。

对小城忽然有了感情，忘了自己原本是要去爬黄山的。也许自己有朝一日也会躲在这样的一个小城中，静静地过着自然与乡村的恬静。我坐在旧时的三轮车上，任友善的车夫拉着我转遍小城的每一个角落。

然而黄山终于要爬的，从后山登着前人开采的石阶，一阶一阶不停地爬，看云雾渐渐地在脚下升腾，雨尽情地在身上飘洒。在两腿要近似于麻木的时候，终于便有人说到了主峰了。黄山真有让你忘却一切的心旷神怡。许多千奇百怪的山峰在你眼前飘荡，松、石、雾、峰、雨……这自然的组合让吾纳罕于天地的绝妙。

黄山上有一座情人桥，横在两个山峰之间，窄窄的，走在上面让你觉得有些天地旋转。有许多情侣便拉手走过，颤颤悠悠的，还要在上面挂一把同心锁。据说也有许多情侣忽然便从桥上跳下山洞，双双殉情于这美轮美奂的天地之间，让彼此的情爱成为一种永恒。

我于是在那座桥上不敢看桥下无底的深涧。

忽然便见桥上有一对很老的夫妇在往桥链上挂一把锁。阳光从山峰后射出来，光辉就那样肆无忌惮地淌在他们的身上。我看见他们把那锁很认真很认真地锁在桥链上。然后相视一笑，手拉手小心翼翼地走过桥去。他们的白发在阳光里有一种很迷人的光泽。

于是被这桥给感动了。不再害怕那桥的颤抖了。老夫妇手里各拄着一根黄山的木杖，他们相偎依着，渐渐消失在远处的光辉里了。

原本爬到山顶时,已累得气喘。虽是有上山的缆车,终是觉得只有自己爬上去才会过瘾。不知老夫妇是怎样到达山顶的,且到达这所谓惊险万状的情人桥的。也许怎么上来的,对他们并不重要,重要的是他们一起登上了黄山。或许他们年轻时亦来过这座情人桥,现今再加一把锁,将彼此的心锁在一起。

谁知道呢?也许黄山上有许多的故事都不被人知的。

山上有高档的宾馆,更有十分简陋只容下一张床的鸳鸯房,据说是给那些新婚夫妇准备的。山上和山下比起来,清晨要冷得多。也许有许多新婚的伴侣同租一间军大衣,在寒冷的黄山清晨,依在一起,等待日出,等待新的一天的开始。

黄山在雨中忽然和山脚下的小城一样让我感动了。

当重又在山下小城的雨中游荡时,不知怎的,遇上了那对情人桥上看到的夫妇。我的腿由于爬山而变得如铅一般沉,那爬山后遗症还未褪掉。老夫妇看来也如我一般惫累。也许是同病相怜,便聊了起来。

他们居然是台湾人。没看出来。原以为他们是北京四合院里的一对知识分子伉俪而已。他们说到在他们还年轻时曾在黄山许下的愿。他们结婚时原本想来黄山度假的,可是没能,如今是他们四十年的结婚纪念期。

四十年。

黄山是否现在还一如往昔?我在新加坡忽忽写下这些文字的时候,想着那忽忽而遇而别的老夫妇。

何日君再来?

只是觉得自己如今不易被什么事感动了。然而想起黄山,忽然有了黄昏中暮色的感动。久久难逝。

海之迷恋

假期于吾是一种奢望,好容易攒的许多假期当真的来临时,又被困在屋中,因为雨。只有躲在屋中赶稿子。做报人是没有规律生活的,做报人是一件很忧愁的事。可忧愁的事中总有一些美丽的回忆。一切的日在苦思冥想中度过。

依然盼望假期,在假期中去远行,忘了忧和愁,忘了工作。

有一年的暑期自己一个人去玩。差点被人骗,却依然开心,因为知道这是生活的赐礼,否则日子太平淡了。

去海边听潮。自己走到很荒凉离景区很远的沙滩上,因为人少。卷了裤子下海捞杂草。一手的腥气。对着海若有所思作深沉状。还想躺在沙滩上晒太阳,没敢。

许是小动作太多,有一个人走过来。问吾是哪里的。很老实地告诉他我是某大学的学生。他的眼睛兴奋了,问我认不认识某系某专业的沙。我点头自然认识。沙曾给我上过课的,而且在全校赫赫有名,因他的英俊,因他演讲的口才和飘逸的文笔。最重要的是他的大名经常见报而且是全国性刊物,甚至于一家全国著名的报纸都给他开了一个大专栏。不过他是位老师。

沙给我们上课时曾暗暗被他迷惑。这时在海边遇上有人提他,自然高兴地要飞上天,所有出门时妈妈叮嘱的话都还给上帝了。滔滔不绝地和他淡沙的各种遗闻轶事,有看到的,更多的则是同学的传闻。看那人似乎听傻了,他对沙似乎很感兴趣,但知道的事甚少,但他说是沙的好朋友。

那时心情莫名其妙,对那人好感陡增。那人问吾借钱时,非常大方地给了他五十元,虽然带的钱并不多。彼此交换了地址,相约回学校见。

海是美丽的,然而假期很快便退潮一般逝去了。又回到昔日生活的环境,心情自然很好,并且急于见沙,虽然他不一定记得我。一次上完课我问他是否认识有个叫什么的人,海滩上认识的人。他摇摇头惘然地看我,似乎也不知道吾之名字。原以为提起那个人沙老师会对我刮目相看的。没承想,有些呆了。

没对沙提起借钱的事。这是件让人发笑的事,虽然在吾,如吃了一条肉虫子。沙依然潇洒地讲他的课,知道他大名的人一定很多。沙可能不记得我。

再也没见到过海滩上遇见的那个人。

假日依然要远行,只是要结伴。

静谧小站

青春独有

　　曾经做过一次过客,在一个静谧的小站。那年去离家很远的地方求学,对一切好奇而又激动,而且淘得很,好端端地坐着火车居然被抛下来!

　　列车走进那笼罩在暮霭中安宁的小站时,惊诧于它的古朴和简陋,下去想仔细看看它,火车却跑了,我被丢下了。惶恐便从脚尖向头顶蔓延:没有亲人,没有朋友,除了喧嚣后的寂寥,有时候悄无声息是很可怕的东西,平时听腻了的絮语也渴望起来。

　　夜开始浓起来。站在木质的天桥上,看到黑黑的铁轨伸向远方——一方通向我温暖的家,一方通向我亲密的师友。我却停泊在这莫名的地方，无依无靠，禁不住潸然泪下。不知什么时候，飘起了雨。初秋的雨丝轻轻梳理着我柔软的发，似乎唤我莫怕。着夏装的我，在一个冷颤后蓦地有些坦然：抱膝坐在高高的天桥上观南北东西，看苍茫天地，不是曾渴求的吗？

一列列的火车从身下的桥洞驶过，扔下一些疲惫不堪的面孔，又拾起一些争挤着面红耳赤的容颜，示威似的吐着白烟喘息着远去了。便有旅人从身边走过，踩着木质的天桥颤巍巍吱吱作响。他们惊奇地看着我，然后低头急急地走自己的路。感到自己的超然，不必为了赶一班车而匆匆，不必为了一个位置而挤来挤去，心情更加好起来了。

点滴的雨打湿了我的衣，喧嚷之后便是许多的平静，暂时别离了都市的繁闹，暂时别离了人群的争衡。虽然时不时有呼朋唤友的声音从耳畔掠过，有木质天桥被踩后颤悠悠欲坠的感觉袭过。

一切都是陌生而新鲜的。那时才懂为什么即使有生命危险也有人去攀珠穆朗玛峰的，那是一种独特的美。

虽然后来想起这件事有许多后怕。

并不曾有人记得在那静谧的小站曾有一个憨女孩呆呆地傻坐了很久，小脑瓜里不知想些什么鬼东西，那小站也根本不会记得在一个雨夜，有个女孩走近它，坐在它的最高处体味过人生中一种别样的感受。

后来竟忘了那个小站的名字，却清晰地记得自己那种过客的感觉：寂寞而惬意——没有人知道你来自哪里，没有人知道你去向何处；你可以大笑也可以忘情地哭；可以异想天开，也可以让脑子一片空白……

那一时你可以拥有完全惬意的自我。

终于还是坐上另一列车。离别小站时,虽然有些依依不舍,却情不自禁。

因为知道做一次过客便足够,那小站实在太冷落了。

第五部　青女・季平

都市尴尬

部五 女青·平季

都市这几年一直怪事不断,见怪不怪,其怪自败,只是想起来依然感怀。

和友人去观影。这是一家市中心最佳位置的影院,未到门口便听到麦克风在空中扩散着软软的声音:只有四张票了,请快些入场,影讯佳机,时不我待。

友人抢上一步,到并没有几个人的售票处紧张地嚷:给我两张票,请快点。拿着票到吾面前说:真悬,再晚来些时候,你我就需四处再寻影了。

暗自庆幸买到了这家一直门庭爆棚的影院的票,卅始往里走的时候,听到那个麦克风的声音依然在扬:只有六张票了……

心中便有些纳闷,友人已买两张票,应只有两张,怎么反倒有六张呢?

坐在位置上,环顾四周,看空空的影院大厅,有些怨自己来早了些,只是一看时间,离开场也不过才两分钟,细数场中人数,一二三四,除了吾和友人才不过四个人,隐隐地听到麦克风的声音:只有六张票了……

有人说,第一次看人这般倒着数数,不过影院空荡,正是避暑福地。

电影被电视挤得落花流水,原本人尽皆知,但观影毕竟是人生一大乐趣,看电影能有家中看电视领略不到的诸多妙处。诸如有一次偶撞一友和一异性往来,正襟危坐在我后排,两人面目表情均严肃正统,友只顾在异性面前装淑女,自是看不到我,于是悄悄地便做了一把"小干探"。自是觉影院中怪趣味横生。

然而影视界人士把观者当一次性处理,来了把假冒违规就让人伤心了,其实暗自思量,在人越少的地方看一场电影,自己获得的机会成本越高,便有些狠赚了一把的感觉,不再有怨语,反倒替卖者难过了。

虚华贵

那一天朋友讲他出游时的一段旧闻,被他眉飞色舞的动作逗笑。

朋友去烟台,住的是很高级的宾馆,据说在当地够得上档次,名曰:大富豪。

一日朋友从海边游泳归来,兴致极高,在宾馆开门时,见一宾馆服务小姐从里面款款出迎,穿紫红色将近曳地的旗袍,有款有型,梳一再古典不过的发髻,将她那一张端庄的脸映衬得雅致玲珑,只是奇怪小姐那手,轻轻盈盈地背在身后,似乎有几许的羞涩。

朋友被小姐的美丽所扰,走路都有些慌乱起来,连忙自己推门进入，踩在猩红的地毯上，不由打了一个趔趄，那小姐也有些慌乱，弯下腰欲扶朋友时，不经意便把手暴露出来，原来手中竟握一碧绿苍蝇拍。

朋友讲这个故事时，心中还替烟台人尴尬。那个地方上大学时便去过，对那里充满深情厚谊的，因那一路的山水竟埋了我大学时的步履，于是疑朋友是杜撰。那么美的地方，那么美的小姐，那么高级的地方，怎么可能让小姐手中拿着苍蝇拍到处追打蚊蝇。然而看朋友一脸规矩地讲这件事，也便觉得在那么一天也许真发生了此事。

烟台在心中的美丽终于打了折。原来许多美实会被一丁点的瑕疵在不经意间破坏的，也知在许多时候，许多的地方，我们会做出不恰当的事情，更知原本应该容忍高级和简陋并存。

都市中总有许多不和谐处，连一些貌似华贵的高级宾馆也不例外。

九把锁

第五部 女青·平季

朋友讲他的亲身经历,听得哑然。

朋友在南方一座名称做白领,据说那座城市不大,怪事不少,因为聚集了眼下中国各界名流才子佳人,也招来众多背井离乡欲淘一把金的打工仔。

人多了自然事多,那些打工仔爱打游击战,到处出击,顺手牵点东西已是轻车熟路,牵得最多的人是中国人的代步工具——单车。

据说不丢十辆车不算那城人,朋友不信邪,依然漫不经心地生活,一口气丢了八辆单车以后有点沉不住气了,一下买了九把锁,把一辆单车装扮得严严实实。朋友骑着这辆九把锁的单车招摇过市,还自诩要亲眼看这部车怎样被牵走。这样过了十多天太平无事的日子后,朋友渐渐放松了警惕,但依然每次停车都要规规矩矩把九把锁扣牢,着实浪费了不少时间。

在挂上九把锁的第十四天早上,朋友去骑车,看得目瞪口呆,只见九把锁零零落落地挂在晨风中,而单车的主要部位均被拆光。朋友长叹一声,看着被大卸八块的单车嘲弄说,自己终于变成此城中人。

挂上好几把锁的单车在那个城市里比比皆是,然而朋友的故事听得依然如痴人说梦。曾在那座城市中生活,过得很不踏实。

曾花五十元钱托人买来辆二手单车,买上以后不敢骑,怕被偷,朋友说想买单车可以在街边的十字路口找到卖车人,告诉他想要什么车,过半天去取,准有,要什么有什么,据说是现偷现卖,根据买主需求而偷。

想来可怕,又听来一故事。

一人骑车带女友去买车,将车放在马路这边后到路口找卖主谈,被告知过一小时来取,便和女友去遛街,一小时后取车竟发现是自己骑来的那辆车,卖主并不认账,反而凶狠地说,不交钱便揍人,那人只好认倒霉,赔了车又在女友面前丢了面子。

因众人皆愿低价买旧车,偷车人才有市场。不知此名城之名是否毁在车上?也不知贪便宜之心何时能远离那城的人?看来满世界人都怕偷。

蹭　凉

部五　女青·平季

空调自然不会有尴尬表情,但因空调引出的人与人之间的难堪事却是有的。

都开始流行空调了,夏季在有空调的房间每个毛孔都是舒畅的,只是因电或因噪音或因价格等的缘故,空调在中国还只是初级普及阶段。

友人那天很高兴地回来说,他单位办公室要装空调了,将不必苦度炎炎夏日了。那天友人迈进办公室,忽见众人脸上均汗珠涌流,心想以往也是如此呀,友人正抱怨老天的可恶,只见室内的门窗均关得严严实实。正纳闷间,见墙上多了一灰色的框块物。友人想那必是空调无疑,便有人说空调刚安好,刚刚打开,初起时是必热的。

另一友人说供职机关只在资料室安空调,于是资料室便人满为患,众人皆离开办公桌转移到了资料室,名为查资料写文章,实为避暑。领导无奈,想出一招,订出一些细则来,进资料室必须填单,符合规定,方可取得一张油印的入场券。一时间资料室竟如电影院,须持票出入,自是堵了一些人。

不知君看完,是不是自己替空调尴尬?不过信一句名言:面包会有的,空调也会有的。

朋友和我打赌:麦当劳究竟卖不卖啤酒?谁输谁请吃麦当劳。我说否,其说是。到麦当劳一观,自是他错了,于是我便蹭了一顿麦当劳。

虽是多次吃麦当劳,然而此顿还是令我眼界大开。先是看收银台排着长长的人,分成几段,再看麦当劳竟将马路上隔车道的锁链石座搬了过来,将本来拥挤的收银分成几道,食客在锁链中排队,竟感觉似被锁了一般。旁边还有麦当劳的侍应生在维持秩序,警告他们要排队,不能挤。

和友人饥肠辘辘,有人买单,去找座,转遍了各个角落看到的均是人。外面热似下火,想起来便不敢出去,只好在放着冷气的麦当劳厅里待着,有人端了托盘过来,见我呆呆地立着,便乐不可支,骂吾活该,偏点麦当劳打赌。这是一个典型的卖方市场。

然后看一对情侣一人一杯可乐正对望着喝得悠闲,除此,桌上没有别的吃食。再看一个四座的桌被几个大学生占着,每人面前一包薯条,一杯橙汁,都喝得津津有味;主妇带一小孩,妇人单单给孩子买了个汉堡包和冰激凌圣代,而妇人面前只一杯红茶而已。

于是还听见小男孩说：妈妈，这很凉快呀。

就那样站着傻乎乎等，情侣、大学生、妇人纹丝不动，倒是等得腰酸腿疼。

和朋友站着快吃完时，才找到了座，坐在麦当劳喧闹无比的大堂，听朋友悄悄在耳边说：大家和你一样，均是来蹭麦当劳的，不同的是，你蹭我，人家蹭凉。

排队买单许久，等座吃餐许久。看着许多食客面前仅一杯饮料，终于明白等待许久的原因：原本凉快和情调也是可以蹭的。

能蹭凉的地方并不多，听来有商场夏季爆棚的事情，才知原本城里人是有很多时间可以蹭掉的。在公众的地方得到一些小便宜，自是让许多人乐不可支。所谓贪小亏大，城中人均忘了自己在消磨快餐成"挤餐""慢餐"时，丢掉了再也寻不来的东西：生命时间。

观　天

朋友带着他的妻子和儿子一天晚上出去游玩。都市里可玩的地方越来越多,只是费用越来越贵,朋友踌躇良久,摸摸口袋,想到去最廉价处。

他们顺着一条河慢慢地走,在河的中心处,有一家游乐场,里面摆了许多滑板和摩天轮之类带电的大型玩具,朋友让他的妻和儿看了半天,说这些东西玩着实在无趣,不如到河边观景。小儿自然不愿意,他看见那些带响的能飞的东西正着迷,虽然坐过了多次,却还是不过瘾,便缠着父亲,不肯离去。

朋友神秘地告诉他的儿子,有一处可以看见月宫里的仙人和天空中的神秘飞行物,小儿呆了,便乖乖地跟着朋友走。

那是一家摆着机架望远镜的所谓观天室。朋友暗暗得意,因他知观一次天空只五角钱而已,他付此费是很从容的。而他的儿子的确被震住了,看着镜头里的景,直冲父亲嚷:有星星在飞。

朋友看镜头里的东西,不过很平常的天空景观而已,只是看一颗星清晰得让人难以确认。然后问他的妻子,你看到那颗星了吗?

朋友妻说:我什么也看不到。朋友心中暗诧。

走出那观天室,朋友妻说,我看到那颗星了,我怕他们再跟我们要五角钱,就说我没看见东西。

大人和孩子的心境是不同的,妻子和丈夫的心境亦不同,都市的许多事源于我们对自己无可奈何地吝啬,没有看见东西的时候,我们说天空中有许多太空人和数不清的星,看到了景观时,我们说看不见,不知我们究竟还要让自己为难多久。

拆 小

朋友带着她的女儿住在一间小房间里。建筑师设计房子时原本是给一家人住的,所以一间大一间小。不曾想都市人太多了,竟多家拆开来住,所以朋友居住的空间是房屋的小间,也便称之为拆小。

不过她的房间布置得的确精致,既当卧房又做客厅饭堂书房的地方竟显不出来小。仔细留意她的布局,原来的确有独到之处,她竟请人将十几个四四方方的小柜子吊将起来,围住了小房间上层的所有墙壁。这使所有到过她那个房间的人惊叹不已,称之为房间布局之杰作。朋友竟苦笑说还有一家住三代人的那才叫绝呢!

一个星期天朋友带着她的女儿在房间里待了一上午,朋友看书,女儿读画报。

傍晚的时候,朋友觉得实在无趣,在家待了一天太闷了,便对女儿说:我们去遛遛街吧。朋友在门口的集市上买了些菜后,女儿便说累了,朋友也便领着女儿回家,前后不过半个小时。

刚打开家门的锁,朋友惊呆了,看屋子正中的地上,凭空多了一个小柜子,初时朋友以为有人来过了,女儿则叫:"妈妈,小柜子掉下来了!"朋友抬头看壁,才知是那悬起来的柜子毫不犹豫地掉了下来。

朋友想起来便后怕,时适夏季,朋友原本打了地铺和女儿睡在地上的,那柜子掉的地方恰恰是女儿睡觉时脑袋待的地方。

朋友请了木匠来,费了老劲,才将那不安分的小柜子又悬挂起来,女儿则睁着笑起来很可人的眼,望着那柜子问母亲:"它还会掉下来吗?"

我们生存的空间是越来越小了,想想便很可悲。那时看朋友踩在高凳上,去取柜子中的东西,很替她担心,疑那窄小的高凳撑不住她的。

朋友淡淡一笑:习惯了。于是知道我们在都市狭小的空间中会练出许多让人想不到的本事来。

只是担心我们的孩子们,他们在狭小的空间中会不会时不时地问一句:它还会掉下来吗? 想起来心酸,不过有些人是住得好得多了,自是不会担心,甚至会觉得我讲的事不可思议。

信不信由你。

聆 听

青春独有

        主持人眼下可算是中国最时髦最体面的职业之一。青春热线是针对青春热点问题营造心理咨询。热血的青年,迫切需要一个倾诉对象。当自我愿望和现实生活发生摩擦时可能会出现一些心理障碍。青春热线不一定能排忧解难,起码能起到一个平衡的作用。

        如果说健康的心理是白色的,有严重心理疾病的是黑色的,那么白色与黑色之间将有大片的灰色,从浅灰一直到深灰。事实上大多数人心理是处于浅灰地带的。这并不是说每个人都有心理疾病,而是每个人多多少少会产生心理焦虑。正是基于这样的科学依据才使青春热线拥有大量的"对话者"。这种个体的帮助作用也许是很小的,但它关注的问题是及时而有效的,还很难估计它存在的意义。

新闻媒体已由深不可测的封闭式向贴近生活的开放式发展。所有的电台都在增加自己的直播时间并且在推出自己的名牌节目主持人。这种现场感很强的直播节目更适应了人们要求交流的心理。当人们把电话打进直播间时无意流露出来的是一种渴望社会聆听的心理。听众打电话来倾诉他们的喜悦或苦恼。有的人挺冲,拿起话筒就讲,有的人特扭捏害羞,半天不说话,然后把电话挂了。既然要参与要强调自我的存在,就不该怯场临阵脱逃。

除了明星,主持人也成了追逐的对象。主持人是一个寄托,一个可以倾诉的对象,一个可以信赖的朋友。

我们的社会流程化的东西在增多,真正留给自己的生存空间、思维空间在减少,一切的运作越来越电脑化、机械化、程序化。人类似乎在走进自己设计的一种很有规则的"生活程序"中。人们在自己狭小的空间中产生的困惑似乎更愿向圈外人说。主持人便成了最佳聆听者。

然而新闻界出于某种善良的愿望而开设的信箱、热线咨询,很难面对社会上纷纭芜杂的问题。我们需要一种正规而健全的社会心理安慰和救治渠道。

人们愿意把心灵最晦暗的一面讲给心理咨询医生听。很多人并没有真正意义上的心理疾病,就是心中有事不讲出来难受,所谓一吐为快,就像对神父忏悔一样,他并不在乎你是谁,他只想把自己心中的'结'去掉,把疙瘩解开。

人类最怕孤独。影星歌星养宠物成风是因为他们太孤独,他们不敢对别人说心中的话以免传出去成为新闻,但他们可以讲给自己的猫或狗听。

人类需要聆听。主持人只是聆听者之 。

白领城堡

从某种意义上讲,一个国家公民的生活工作环境的舒适度,是评价此国综合国力的重要参照物。当公司热又兴起的时候,随之而来兴旺的是高级写字楼惊人的崛起。进驻高层次、富丽堂皇的写字楼无疑是一个公司身份的象征,已成了公司成立时的首选地。写字楼成了一座城堡。

无高层不成大都市,当写字楼这个舶来词被接受的时候,人们无疑也有一种进入其中的渴望。那里像围城,外面的人想进来,里边的人却有自己的酸甜苦辣……

每栋写字楼是一座不夜的城堡。走进去的时候,有一种实现自我的欲望。扶摇直上和徐徐下降的传送电梯在宽阔的大厅显得很和谐。封闭电梯送你进入各个楼层。华灯初上，当写字楼四周闪烁霓虹灯的时候，它是醒目而神秘的。它所代表的不仅仅是财力的象征，还是一种对舒适生活的渴望。

当我们的国家从落后走向先进时，国民也正走向舒适，不妨把进驻高层写字楼看作是一个预演，写字楼这座城堡在悄悄改变国人的生活、价值、工作、消费观。城堡里的工作条件是优越的。虽然每个公司有自己的设计风格，但"硬件"是大同小异的。开放式的办公环境是很吸引人，一间很宽敞的大房子仅仅被挡板隔成若干区，空气喷雾器轻轻吐着一缕缕雾气，让室内洁净清新。每位工作人员桌上都有自己的电话，铃声此起彼伏却似乎每个人并不受他人影响，都在埋头于自己的文件或通过电话和客户交流。传真机和电脑的声音有节奏地在空气中传播着，松厚的地毯让雇员走动时悄无声息。这里，却是另一种安安静静的紧张，它给人带来的是一种无形的压力。

写字楼中的公司尊重个人的选择权和隐私权，绝对不养闲人。在这里，先进的标准已不是吃苦耐劳，加班加点，带病工作，评先进的标准变得很单一：只看动机和效果。无论你多么辛苦，没有结果是不被人承认的。在这里推崇的是一种新的生活方式：享受人生——拼命地工作、过瘾地玩。在这里提倡的是自我推销，你可以提出自己截然不同的观点来，让别人认同你。公司给个人充分的自由，只要不影响公司形象，即使你离婚，公司只会花钱帮你雇律师，而不会干涉你的生活。

在此工作，对于实现自己是有好处的，白领们常常感到的一点是累：责任大、压力大。事实上这里是没有什么说教的，这种累只是自我约束力的一种表现。每天都觉得自己在过一种战斗生活，忙碌多于轻松。

舒适的工作环境和高薪对于青年人是有诱惑力的。中国新兴的白领族对自己的身份似乎有些惘然，甚至于有时他们承认自己变成了赚钱的机器，不过是在给老板打工，老板指哪，就打哪。

中国人的价值观是所有国家中比较独特的。某些中国人以"官"或"权"来评价一个人的成就。有"钱"的人也算有成就，但往往被看成暴发户之类。虽然中国的福利保险社会保障正在走向健全，但人们对自己的择业还是慎重的：选一条能升官而不是能挣钱的路，如果二者兼而有之自然更好。

国人活得有点累，赚了钱还想权，似乎不满足，而想不起来去周游世界，享受生命。

当曼哈顿直耸入云的高层在电视屏幕前滑过的时候，我们对外面的世界是一种无可奈何的羡慕。人小的时候总爱在美丽的童话中流浪，让自己快乐。当人长大的时候，许多美丽的童话便也溜走了，变得非常现实起来，当我们再怀着一颗纯真的童心去看待世界时，我们是不是会发现世界变得漂亮许多了呢？高层在走进我们的生活，我们是不是在接受许多从前没有过的概念呢？

在城堡里的人想出来，在城堡外的人想进去，那么有一天我们都会生活进城堡里吗？世界总是越来越美丽。

生活有时便是童话。我们都在努力实现童话。

单身贵族

部五·女青·平季

　　许多朋友说："单身是真，贵族未必。"单身贵族，也许并无真正意义上的所谓"高贵血统"，只是些薪水较高又活得很自在的现代都市人。他们给都市带来一种活力。游子在外，远离父母，总是难得逍遥，活得无牵无挂。

　　虽然萧伯纳先生曾说过，"婚姻之所以普遍，是因为它将最大量的诱惑与最多的机会结合在一起"，游子们似乎并未过早受婚姻的召唤而活得十分轻松。

　　一女朋友为了爱，拼命留在这个都市，是因为她幻想着，和心目中的白马王子携手，但那位先生居然对她置若罔闻，令她伤心不已,于是她下决心终身不嫁。她说,自己目前活得很洒脱,过段时间将被公司派到法国去。离开这个地方,也许她会改变主意。她只愿自己放松地过段日子,不再为爱所累。

当凡事不求结果而只要过程的时候,也许心境会是平和的。"无欲必有得",上帝总是很公平的。换一个角度看世界,感受自会不同。朋友说不定会在异国找到新感觉。

"做一个游子,最好的一点,便是可以远离父母的絮语。做父母的,总是比儿女自身还着急孩子们的终身大事。"朋友旭说这些话的时候,一脸的苦笑。"我不知自己为人父母的时候,会不会有时间和精力为孩子操劳。"认识旭的女友,是个很有才气、咄咄逼人的女孩子,不,应该说是女士。她和旭一样地过了而立之年。他俩相恋八年,迟迟未走进婚姻圣殿的原因,据说是"不愿为家庭所累"。旭目前已是政界的一颗新星。他说,为了仕途,也许他要考虑父母的焦急和忠告,以免被人说为"不正常"而影响官运。他的女友则潇洒地表示:"无所谓,目前这种关系很好。"

也许在当今的中国行事还是考虑一下具体国情的好。

朋友大齐的行为很古怪。他说,小的时候,母亲曾为他的前途算过命,说他至少有三次失败的婚姻。而今虽然远离故乡上万公里,他依然念念不忘儿时那位卦仙的咒语,大学期间他除了上专业课之外,便把所有的时间花在诸如《易经》之类的占卜书上,便越发相信那些咒语的可能性。他说,自己要一生不近女色以打破那位瞎子卦仙的预言。大齐目前供职于一家大的银行,整日衣冠楚楚,笑容满面,典型一个"白领阶层"。虽然他对女性避之甚远,可他特有女人缘。

人言道:"还是不要和命运抗争,顺其自然为好",不知大齐会不会真的不幸被言中呢?

阿咪是个很能干的女诗人,作品颇丰,可在生活上却稀里糊涂的,整日丢东忘西的,让人好不担忧。她的父母很担心她嫁不出去。她扶了扶厚厚的眼镜一乐:"随便。"我还没见过像她一样活得这样随意而又单纯的人。奇怪的是,她的朋友遍天下,她说是"泛滥不灾",其中还不乏对阿咪的倾慕者。可怜的阿咪手足无措地向同事讨解决的方子,一时在圈内传为佳话。

当人不刻意去追求一些什么东西时,这些所求往往会不期而至,反而会更添惊喜和浪漫。对于那些游子来说,让自己过一段相对自由的日子,是个体文化素养决定的。不经意为爱神活着,也许是快乐之源吧。

这年头都市的楼一座比一座高,高楼最大的好处是风都在狭小的范围内打转,所以,"孤岛效应"极易培养出来一批大小"蔓"、大小"腕"、大小"款"之类的"名流",名流最大的好处是时间被卡得死死的,自然无闲暇交友结伴,况且作为公开的"大众情人",他们也极爱宣称自己为单身,以免"爱人同志"惹起公愤。对于那些大"蔓"("腕"、"款"),因为离我们太远,做追星族之类太累,还是讲些身边的"小名流"吧。

没有人知道赵君的家资有多少,因和父母赌气去了南方侍了两年的赵君,再回到北方来时已有魄力和能力贷款三千万炒房产。对于南方的经历,他很少提及,只是年届而立依然单身。他的公司驻在一家装修豪华的四星级饭店,晚上他也住在那里。他目前有十二位手下却做着几亿人民币的买卖。他的几位女部下,都猜测着这位总董事长夫人在哪里。他淡淡一笑,"等赚足十亿,我会安一个舒适的家。"

和琼小姐交往,你会觉得很轻松。这位高中毕业没考上大学的漂亮姑娘,目前在一家歌舞厅当主唱歌手,收入颇丰。琼小姐总抱怨说自己生物钟颠倒。不过又说,上台唱歌真过瘾。她说,自己曾爱过教她物理的老师,那时她的物理成绩特棒,后来母亲打了她一顿,成绩便坏了起来,以至差两分没考上大学。不过她说目前活得很好,每天都有男友和歌迷送她回家。她说不再怨恨母亲,依然和母亲住一起,现在还没有固定男友,因为她打算明年到北京去发展。

龙君自我感觉非常好。真的。也许因为他曾出过五本书,名字屡屡见诸报端。可惜龙君矮了点,否则是一条真龙。他曾有过一个心中的"维纳斯",不过那女孩现在在美国做了别人的新娘。当龙君讲他的爱情故事的时候,总是拼命抽烟,让自己处在烟雾缭绕的一种梦幻般的境界中。这种状态,被他在文章中形容为"心灵的仙境"。龙君报复似的在报上登了则征婚启事,将自己狠夸了一番,结果应征信如云,让龙君好不开心。龙君用他浪漫之笔不知打动了多少少女之心。但当这些女郎热情似火地要登门拜访时,龙君慌忙说要保持"心灵的距离",挂起了免战牌。

龙君说这些故事时一脸庄重状,最后却莫名其妙地哈哈大笑起来。

李小姐的出名,在于她大学毕业两年,已"炒"了五家公司老板的鱿鱼。在一家外商独资企业做董事长秘书。看她文文弱弱的样子,你绝对想象不出她这么能折腾。大学毕业,分配她回老家青海,她没走,便成了"黑户"。但她流利的英文和日文,让她确信自己的实力。她笑着说,自己没准哪一天会"一不小心当了名流"。李小姐的愿望是当一名外交官的夫人。她目前正在积极物色自己的郎君,一位能被她培养为出色的外交官的"腕"。

单身贵族的单身不是独身。独身是一种最终的愿望,单身则是生命中的一个阶段,对这些年轻的"贵族"中的大多数人来说,最终他们都会很明智地选择自己的生活的。

不过目前来说,他们给都市带来的是一种喧闹。曾存在过一个"贵族沙龙",是一个拥有自己私家车的年轻老板朋友组织的,不过办了两期便没有了下文。国人怕露富,没人参加。他又说,自己正在筹办一个"贵族协会"之类的组织,将进行小范围活动,并为其保密,旨在新兴一族的沟通。

一名人曾说:"生活中有两大悲剧:一个是失去你心中的欲望;另一个是获得欲望。"不过,我想当人无欲时,反而心静,说不定会来些惊人之举。不知这些都市的单身"贵族"在对待自己心灵欲望砝码时会怎样?当一个大都市真正成为一个现代文明的都会时,它的所谓贵族和平民的界限会慢慢缩小、消失的。

别　墅

让人怦然心动的豪华别墅，每平方米的单价通常是中薪阶层一年不吃不喝的全部劳动所得，意味着工薪族从出生的第一天起，就马不停蹄地拼命工作七十年并且不吃不喝，才买得起一栋两百平方米小楼的四分之一，不知在这艰难的历程中房奴们是否会过早地死去。

买别墅，这是一道对普通人解不开的数学题。

住进别墅的人自然得意非凡，气派十足，但奇怪的是他们并不欢迎别人窥视，他们富丽堂皇的家居。似乎每个门前要挂一个"闲人和狗请勿打扰"的牌子。

别墅都用"六高"来形容自己的"超凡脱俗的居住境界"：高瞻远瞩选择、至高无上享受、景致高人一等、格调高高在上、身价步步高升、气派广比天高。别墅打破公寓千房一面孔的布局，根据主人的爱好，推出英式、日式、法式、意式之类风格迥异的造型，让你在中国本土充分领略异国情调。

住在屋中的人可以坐在厚厚的地毯上想心事，实在无聊至极便可牵条小狗在庭院中踩着绿绿的草懒懒的散步。只是主人常会望着那加防盗锁又安防盗眼的大门发呆，不知道走出那大门会不会突然发生意外，那围墙上的安全网会不会失灵？屋中一切让老百姓看着如此惊奇的东西似乎弥补不了主人沉甸甸的担忧。也许国人的俗语"得到的越多失去的便越多"是对的。一个流浪者可以轻轻松松走天涯无牵无挂，而一个别墅主人揣着满腹的钱度假的时候，却一步三回首地望着自己的安乐窝担忧，生怕被不速之客光顾。

别墅族，物以稀为贵，似被众星捧月，蒸蒸日上。

朋友菁大学毕业分在京城工作后便住三个人一房间的宿舍，菁出国梦依然不断却没有静下心来读书的地方。菁的姨妈从法国汇来外币买了一栋别墅做落叶归根处。菁便栖身其中为姨妈看房兼念书。菁不敢走出家门怕看到邻居神采飞扬的脸。最让菁痛苦的是，每天骑车上班时，碰上邻人气派的车便有人问："小姐要不要搭车？"菁开始时很不习惯便尽量少出门在家用功。可空空的屋子让她觉得害怕，必挨个房间搜寻确认无人才心中踏实。菁想请个伴却又怕弄脏房间。

这种暂时的别墅族的滋味菁总是压在心底不说，却想将来出本书，题目就叫《别墅今夜无梦》。住进别墅的感觉虽然像进了另一个世界,也失去了原来的朋友。上这个别墅村来的都要登记且自行车免入内。菁觉得自己已经拉上了一个沉重的套,必须拼命赚钱来维持在别墅村庞大的开支。最后菁觉得自己实在支撑不住了,便决定告别别墅,重新回到从前的生活。这海市蜃楼一般的日子总让菁觉得自己做了一个梦,梦里的主人公不是她。

中国人在想方设法赚钱。钱似乎容易挣又似乎越来越难挣。一种舒适豪华的生活是每个人都向往的。别墅令人瞠目的价钱似乎难不倒神通变得越来越广的现代能人。当别墅不再作为一种特权的象征而仅仅作为生活的一个目标时,它才真正体现出诱惑力来:努力了就不会失望。当房地产业被炒得越来越旺时,别墅是那最耀眼的火苗,别墅族的数量在增多,涉足其中的人的层面在增广。越来越多的别墅族给人的是一种信号:奋斗过就不要后悔。

对于别墅族怎样选择他们的生活是他们自己的事,但带来的却是一种波及社会的震荡。对于不管是以什么身份何种手段成为别墅族的人,普通人好奇之余更多是羡慕。

也许将来对于平常人来说,买别墅是一道解得开的题。希望只是时间长短的问题。

部六　女子·梦季

情调女人

部六 女子·梦季

一

常常以为做一个女人真好,最少在当你做出一些拿不到台面上的事情时,不会有人怪你,最多会非常善良地说你真是个小女人。小女人似乎是一个很可爱的称号。

其实女人的确可以玩出些小情调来改变生活,常以为女人有这方面的天赋。

那天一个女友说:你可以用头发或是指甲来许愿。看吾点头她又详解：这是唯二可以再生的身上物，所以以此许愿，原本是可以灵的。

果真便信了她的话，看着洗净的长发和手，便将所有心底的愿，能得的不能得的，一应想将出来，在心中细挑，捡以为最值得的筹算，便开始有了一种崭新的欲望。

已经留了许多年的长发下决心剪了去，美发师举着吾之长发，像《罗马假日》里公主的理发师那样问：真的要剪吗？这么好的头发？点点头，她不知吾是许了愿在心底的。发虽是身上物，剪了去亦变成了身外物，感到很多的轻松。看了那剪下的一缕缕长长的发，竟有些怀疑那原本是属于自己的。

换了一种发式亦改换了一种心情，虽然知道心中的愿望亦是很难得到的。然而懂得女人也许对头发的关注真是很多很多。于是常常想再用头发来玩点小花样，使自己从一种心情走到另一种。虽然我不相信头发的魔力真有如此之大。

一个周六的晚上，很晚回来的时候见家前面的美发小店竟仍开业，径自走了去，听从小姐的摆布，任她在头上涂了很多的药水，卷了很多的发卡，然后将头套上电包套热辣辣地烘了半个小时，再看自己便有些怪异了，满头的膨发艳俗怪异，竟哭了一个晚上。

转天早上用纱布蒙着头走进另一美发店，在理发师莫名其妙的嘲笑中，将满头的发拉直了。很痛苦的经历，头发也便坏了，一根根虽直了也焦黄起来。

于是不太相信以头发玩情调会灵验，只是觉得女人对头发的玩弄是无止境的，这其中历经的故事又有谁能解得出？

于是便想起指甲来。将十个指甲涂成十种颜色，或是留长长的小指指甲，或是剪秃大拇指指甲，或是将满手涂得血红或黄灿灿的耀人,均是心中的一景。

然而有时便有些无聊起来,姐姐便送我焗油膏,说再不好好保护头发,终究会让自己玩出坏事来。玩过的心情只有女人知。只是应不要过频罢了。

自然,不做作就是美。自信的女孩应是最美的,晶亮的眼眸中,会发出一股令人甘心信任的灵气。美不只是外表,而是整体。光是完美的化妆和漂亮的服饰,还不够资格称为美,风情是个人独特风格的展现。所谓独特风格,就是气质、自信,加上积极和努力向上的精神。美是没有年龄之分的,良好的气质和优雅的风度,才是美的精髓。

没有丑女人,只有懒女人。

二

本命年竟打了一个夏季的赤脚,每日睡前看着脚底板的污迹,冲水哗哗洗去,竟比洗袜子省劲多了,且不必再像晾袜子一样把脚晾干就可去睡。

想起曾看外婆缠住的小脚,鼓鼓的,圆圆的,小小的,五趾全挤在一起,便想象不出她夏季依然将脚捂得严严实实的痛苦,只是觉出脚对女人的重要来。

打着赤脚走过夏季才知夏之妙。

记起自己似乎不再赤脚了,便知几年的淑女原本做得很拘谨很有些莫名其妙。

从上大学那年便夏季必穿袜,以袜遮蔽许多的羞涩,以袜来掩饰青春的奔放。每个夏季为袜投入了很多的精力和财力。袜讲究起来亦是无止境的。

看到一美国电影,女主人公买袜长短款均是一打一打地买,摆在屋中很是扎眼。

此夏突然赤脚,实是偶一天遇一故友,看我破洞的袜便嘲笑吾是穷讲究,并说出赤脚的种种妙处来,且自诩为赤脚大仙。

一充满风情的草帽,一花绿的草包,一身松松垮垮的套衣,活脱脱一青春妙女,最妙的便是那一双草编鞋中藏匿的赤脚,于是竟被她草套的装扮给呆住了。

在阳光灿烂的夏日,远远地看着这么一草套的少女走来,也许所有的人都是会被感动的,尤其是看那一双坦白无疑的赤脚。

赤脚凉鞋走过夏季的时候想自己扔掉了许多的羁绊。有双长长的袜子套在脚上的时候,心中会有被套牢的感觉,那感觉悄悄袭来,竟想起许久以前读过的那个装在套子里的人的种种行径来。

高跟鞋也不知扔到哪里去了,长裙也是偶才抬起,穿上竟觉得有些不自在。

短裤T恤,在本命年的夏季,竟这样光脚拖鞋短打扮的走天涯,四处游荡。

赤脚的时候,连长发都剪了去,清汤挂面晃动了一个夏季。

那一天在街上走,遇到大学时的同学,愣神看吾许久,竟说吾怎么变成这样了,吾之长发呢,吾之高跟鞋,吾之长裙呢?想来他印象中很淑女之吾竟在这个夏季飘得无影无踪了。

那一天去北京饭店,就赤足无袜人字拖走进去,心中依旧坦然。

走过了一个坦诚的夏季,换了一种心情,换了一种装扮,这一切皆因赤脚。

女人情调？还是情调女人？还是无聊女人？

随汝怎么想。

部六　女子·梦季

平安象

<small>青春独有</small>

　　这世界有太多的不平静和不安宁,只有童心未泯,淳朴怡人。告别时,认识那个小女孩其实才不过刚刚几个月,叫她瑶瑶。

　　在去新加坡的前一天,瑶瑶突然让她妈妈带着来见吾。她是一个戴着弱视矫正器的八岁女孩。也许是很奇怪的缘分,认识她的第二天,她妈妈便告诉吾,说她女儿晚上梦到吾,说吾一个人在天上飞,似乎已预见到吾之不安分守己,去国跨洋。

　　因为记不住吾之名字的缘故,她总是叫吾高雅阿姨,便很奇怪小孩子的想法和成年人的差别,于是便注意起那个女孩来。

　　不知她母亲对她说了些什么,见到吾,瑶瑶便眼圈红红的,她的手里亦不知拿着什么东西,藏在身后,然后她举出来给吾看,说那是送给吾的。那是两张儿童画,很鲜明的颜色,红的草和黄色的天空,还有一架褐色的飞机,飞机上写着中国两个字。

她说吾是待在飞机里的,然后她又在母亲耳边嘀咕着什么,便看见她母亲从包里拿出一样东西来,一只褐色木刻的大象,那只象居然有两个翅膀。

高雅阿姨,她叫吾。你可不可以把这只大象带在身边?她问。这叫飞象,你看它的翅膀多漂亮,她向吾解释。她在吾耳边悄悄说,这只飞象叫平安象,你只要带在身边就没事了,你千万别丢了它。

平安象。是第一次听这个名字的,一个从八岁女孩口中吐出的吉祥的名字。不知这只象跟了这个女孩多久,这也许原本是别人送给她保她平安的,她却又送给了吾,我得到了一个怎样的祝福呢?

女孩走了的时候,眼圈依旧是红红的,透过她奇怪的视力矫正眼镜,可以看得很清楚。她母亲说她从小弱视,从两岁起便戴矫正眼镜,现在已恢复得差不多了。女孩又满脸神秘地对我说,别忘了带着那只象,这是她走出门口后又扭头说的话。吾之眼圈亦有些红了,看着她离开蹦跳的样子,于是便想她马上就可以不戴那个很难看的矫正镜了。

收拾行李的时候,扔掉了许多东西,那只象却是包起来放在行李中的。知道小孩子的祝福原本是最简单的,却是最认真的。不知道她怎么会想出这世界上有红色的草和黄色的天空,亦想不出她怎么将飞机想象成褐色。

也许有一天,会带她坐一种褐色的飞机,谁知道呢,说不定是那只褐色的平安象变的呢。

算算时间,她的眼睛肯定好了。

新年心情

新年的钟声中,流逝的是每年重复千古恒定不变又不见的时光。所谓年年岁岁花相似,岁岁年年人不同。

从手中的一种机器中收到朋友的新年祝福,给一些怪里怪气的符号表示一种至诚和衷心。

和一堆友人去跳了一个通宵,在狂乱的舞曲中悟到了时间的走动,过了一个点,便过了一个年。没感觉这和往日的子夜有什么不同,然而大家都欢呼起来,互相问候:新年快乐。不知一个什么人在人群中抛洒着些糖果,同时洒下的话是:新年甜心情。

那一夜有些酒醉,醉得半梦半醒,靠在一个朋友身上迷迷糊糊。醒来时便有了许多尴尬,因有人说我说了些许胡话,对一个女孩来说,这自然是有伤大雅的,想是跳疯了,迷失在新年的青春狂欢光阴中。于是对别人说:要活得有质量些,再也不喝酒了。其实那是一生唯一的醉酒,从此绝了酒缘。

想起来这种话似乎每年初始都要说的,只是内容不同。总是在新年的时候给自己一些筹码,将自己撬得老高,以为那些写在纸上的计划都是可以顺理成章地实现,一旦完成,自己自然便有了更好的素质。还要在新年快来的时候给别人一些吉利的卡片,写上些讨人喜欢的话,其实那话原本是想讲给自己听的:心想事成、梦想成真、换新心情、过好每一天,新年好运……

新年总是换心情的时候,即使再麻木的人,也会被新年的气氛包裹,由不得挣扎,便做些流行的计划来。于是羡慕小孩子新年的感觉。他们会是所有吉利话流行语最直接的受益者。

其实小孩最大的幸福还在于他们不会劝自己来年提高生存质量,因为他们实在还有太多的时间去挥霍。已经害怕了时光的悄悄流逝,这是新年最恐怖的。想来醉酒的潜意识里可能是想逃避,以为时光会停留在某一时刻永不流逝。

小的时候每年新年会收到爸妈送的一套新衣,姐姐会在衣袋里塞一个新缝制的沙包,说拿那个沙包可以打跑任何的小鬼。现在猜想可能是让吾打走旧心情,只是小孩子是不会懂得坏心情是像鬼一样可怕,被缠上了便逃脱不了的。

依然怀恋那盼穿新衣的心情,然后看着姐姐很巧地把六块漂亮的小布片,一片片连接着缝起来,留一道口,然后向里面填些谷类再缝制起来,便成了一个沙包。那时会魔幻着所有可以拉进脑海的梦想,虽然童真的想法现在看来幼稚得让人卒不忍睹。

已经很多年没穿新衣过年了。

从离家走到另一个城市里独自生活,便去掉了小孩子的心情。

看到和听到了许多的故事,伤心的或是快乐的,渐渐沉淀下来,总是在新年来临的时光里泛起来,搅得神经疼疼的,这些原本比穿新衣的感觉强烈得多。

曾经的新年夜晚,都要给自己一点时间,在北方冬天的街上独自走动,像个幽灵一般,漫无目的,也被冻得没有思维,只是想在那冰冷的街上证实一下自己的存在。

真的是过年了,由不得汝想。

去买了两件新衣,挤在商店里酱了一样的人群中。街道边的铺子挂了许多灯笼,红红的,柔和得让人有一种迷幻的感觉。

不是争着穿新衣的,只是想找回孩子的心情而已。

新年毕竟是新的。

幽之默

部六 女子·梦季

　　那一天一群很严肃的朋友在一起议论一个话题：中国人有幽默吗？彼此看着争得红红的脸，得出结论：中国人中许多是没有幽默的。连幽默之词都是舶来品。

　　幽默产生于尴尬时，产生于自我解嘲时，国人很满足现实很满意自己，对于自己总爱束之高阁，一向将自己保护得很好而舍不得对自己批评、论述、嘲弄。

　　中国人之间彼此很谦虚很小心翼翼，自然面子上不会彼此自嘲的，尽管背后可以敞开所有的语言细胞，把别人评得体无完肤。所以我们通常生活得很和谐却没有沟通，也便没有轻松的幽默。

一些朋友以为根源在此。另一些朋友则以为源于我们没有太多的自我，没有太多的个性。

中国人几代同堂，被繁多的亲戚称呼搞得焦头烂额，时刻想着怎么样说让别人满意，让众人都开口笑。而做到这种平衡真的很难，于是中国人全身心地投入应酬，而不可能使自己在幽默中获得轻松。

说这个问题太大了，"幽默"这个词是从外面传过来的，中国人是很诙谐的，自古这么说。这并不表明我们是不幽默的。

朋友反驳："你难道不觉得古书记录的谐事中往往是有小丑出现的吗？幽默并不是小丑行为，是高层次的超然处世态度。所以我说中国人活得很累，即使彼此逗乐哈哈笑，也只是小丑行径罢了，而非幽默。"

无话可说。最后自喻为老大者说"这个论题实在太大，我们这样争来论去岂非很沉重不轻松也就没有幽默？"

所有人都笑了。幽默的结局不是在笑中回味无穷吗？只是所有的人都会深思吗？

不知谁说了这样的话："中国人融合得了别人，却消化不了，如同一个体吸入它本身并不排斥的东西，但这东西却也化不了，日子久了，便长出许多怪瘤来。但愿不要长出幽默的怪瘤来。"

听得目瞪口呆。

掉链子

第六部 女子·梦季

一

"掉链子"在天津话里是一个很有意思的词。天津人常说"某人关键时刻掉链子",指某人总是吹得很好,做起事来却平平,很让人失望。作为外埠人,在天津待久了,也学会了几个天津词,诸如"掉链子"。

然而有一次吾之车真的掉链子了。有一个很冷的夜晚,和一个朋友去玩一场舞会,朋友跳得如痴如狂,却心事重重,无心和人跳舞,怅然若失地坐在舞池边,在喧闹中寻找一种心理平衡,看人跳舞也很有意思,颇有冷眼观尽天下客的味道。

很晚了朋友才兴尽,去推车子,车子倒了,骑不动了,链子掉了。天很黑,很冷,很晚。我有些慌了。管舞厅的人是一个朋友,帮着修车,然后静静地看我一眼,轻轻地说了一句:"没想到,你也会掉链子。"

这句话让吾吃惊很久。不知别人怎样看待吾,难道不能掉链子吗?真的很希望自己不要掉链子,尤其是在孤人无助的夜晚,然而掉链子是事实。任何人都不是全能,任何事都有意外,任何的结果都有原因。在舞池里看人跳舞时觉得自己是超脱的,颇有出淤泥而不染的感觉。这是一种很坏的感觉,不知为什么有时会把自己看得很高,把世界看得很糟。

然而终于还是掉了链子。是朋友帮吾修好的。那个冬夜很冷,于吾,则是温暖的。掉了链子,栽了面,然而对世界却有了一种新感觉,没有难堪,只有明白和默默接受。在心底对自己说:"掉链是免不了,原本并不可怕,只是没有朋友不行。为什么总是庸人自扰,让自己故作清高呢?"不知道自己为何会掉链子,然而知道起码链子已掉了一次,最后是车被朋友修好了,依然能骑。

走路真的很不当心,好端端地便摔了一跤,而且不轻,一拐一拐的。膝盖已不能弯,两个膝当时便血淋淋,看着很可怕。袜子被摔得开了两个天窗,只有上帝才通过天窗看到我伤痕累累的腿。

院子中有一群人在谈天,看吾摔了,有几个人便跑过来看,支撑着爬起来脸便红了。很大的姑娘了,居然还这样不当心。有什么办法呢,走路总是这样急,连自己都不明白为什么。去医务室包伤口,大夫看着我直乐,脸又红了。看大夫给我贴上棉纱便跑出来,没走两步纱布便掉了,腿钻心的疼。大夫急了:"你急什么急!还没包扎完怎么能走!"只好讪讪地笑。自己走路特别不当心,无端端地便会摔跤。有时想想是一件很有趣的事。

自己长这么大摔的跤也不算少,但从未这么重过。腿上贴了许多的纱布。一切似乎是为了印证一个话:"福不双至",正遇一件喜事。感到自己摔了很多跤。工作不顺心时,便有些惘然,摔跤的感觉油然而生。不知自己在忙些什么,总之感到自己非常累,没有闲下来的时候。"劳心者早逝",这是一个很好的词,伊人会如此。

早晨起来坐在办公桌前,眼泪情不自禁便流下来。这是一种很难讲清的心情。一切都似乎应该这样,一切又那样地遥远。觉得已没有自己。工作给的感觉。做一名报人。约人写稿子是一件吃力不讨好的事情。满脑子的话不知如何讲起,在替别人做嫁衣还要低声下气。感到自己的可怜,总之苦恼极了。

事情原本是简单的,可做起来便觉得很烦。然而知道自己不该再掉链子了。

解 命

对于发明扑克的人我是佩服得五体投地。扑克的排列组合让人捉摸不透百玩不腻。无意中赋予每张扑克牌特殊的意义,便拿一副牌给别人解命,算别人的命运。爱情、家庭、婚姻、工作、事业人际关系、性格、人品、财富……

说者无心,听者有心。只是按每种扑克出现的频率,花色以及折叠的方式赋予它人类的象征性语言,便说给朋友,他们居然信了,而且说算得很准。

一切只是顺其自然,吾做事是典型的意识流,流到哪算哪,并不要太多的说明,也不需要很多表白,只是顺着思维流动。

感谢朋友信任吾。当他们洗完牌交给吾然后说出一句："我的命全交给你,你说什么是什么"的时候,心情是无法说出的。

人的命总是一定的,很多时候甚至是充满幻想而又无可奈何的。走过去的生命便不能再次更动。人生最遗憾的是生命的历程,最有意思的也是生命的历程。由此总有一些奇怪的感受。有时觉得对自己的生命的认识太消极,太难以准确表述。

然而却在说别人的命,这其中有吾很多主观的猜测,在试着说服朋友,让他们开心,让他们相信吾说卦的真实性。但知道一切都是虚远而不可触摸的。

真的,你不敢不相信人是有第六感的,这第六感便来自心灵,对女性尤其如此。知道自己的心是纤细的,不能不为自己感动,但又知道凡事都有其结局,定型的事再说它毫无意义。

人总是关心自己的事。诸如爱和生活。人们都想知道自己在别人眼中的样子。所以能帮别人解命,虽然不一定准,但于我却是一件很有趣的事。

生命总是由一些最基本的东西构成的,诸如生存所需的每一个微小的条件。

人的欲望是无穷尽的,留不住的便是心中永远无法排开的烦绪。不知自己的命会怎样,虽然给别人解命很在行。

人都相信别人给自己解命,对自己很了解所以很有些烦恼也不好意思展现给别人看。算命也许只是一种对生命的宣泄而已。

霉　屋

看到一张回执单上,写着"留下房间的电话号码"而没写"留下家里的电话号码"。

忽然便觉得做此单的人用心良苦,许是和吾一样,是个无家可归的人。

离开父母的家已有些年。现在每当放了工说回家,心里便有些怪怪的,其实只是回自己租来的小屋而已。

新加坡的天气说来奇怪,明明天天烈日当头,屋里的许多东西却无缘无故发了霉,一股很陈旧的味道。于是便称自己的小屋为霉屋。

其实一直以来,都称自己住过的屋子为霉屋,想不到在新加坡却更加名副其实,也许,和新加坡真的有一段割舍不掉的缘。

一

记忆里小时候住的房子很奇怪,是一座两层小楼,左右窄,纵深长,简直就像一列长长的火车。那是父亲家中留下的房产,坐落于我住的城市中最最热闹的地方。现在那里已盖了一座全市最最昂贵豪华的购物中心,昔日的火车楼没有丝毫的影迹。

只有购物中心前一棵长歪了的年龄很久的法国梧桐,唤起些许儿时时光。小时候曾爬过那棵梧桐树,并记得一次交加着雷电的大风雨将那树弄倒,没想到它后来竟奇迹般地长起来,只是歪了起来。

繁华总是将一些质朴的东西带走。却有一些东西总是能顽强地保留下了。

也许称那火车楼是霉屋有些不对,因为那里留给吾的全是些儿时的无忧无虑,哪里像现在一般时时长烦恼丝。全家的孩子都住在二楼,二楼中间是一个大平台,我们就在那里大闹天宫。

常常从我们家的搬迁想到那个城市的发展。

离开火车楼以后,便和父母分开来,住在离学校近些的我们家的一所房子里。

那是一段影响一生的日子。

在没有人的管教下,胡乱地读了许许多多半懂半不懂的书。那所房子,又阴又潮,柜子里也会时时地发出一股霉味,父母多次让吾回去和他们住,却以离学校近为理由而纹丝不动,其实是习惯了那种无拘无束的生活。现在都不明白为什么父母放得下心让我独住,那时才不过十三四岁而已,况且在那里差点送了命。

冬日的中国北方,总是很冷。那屋子原本是生了炉子的,有一天回家炉子不知何故灭了,便去隔壁邻居家,借了一块蜂窝煤过来烧。偷懒的吾就将一块新煤球放在上面,然后拿了书坐在煤球边读。

读着读着便有些神志不清,觉得好像喘不过气来,似乎中了什么邪道一样,手舞足蹈。拼了一口气,跑到院子里大吵大叫,邻居跑来后,便晕倒了。是煤气中毒。医生说吾命大,否则,也许会死,也许会变成痴呆。

不过躲过那场劫难后是否便有后福起来?虽然自己并不是一个真有福气的人。

霉屋让吾没有痴呆,这让吾庆幸。死是不怕的,最怕失去那颗父母给的原本并不愚笨的脑。一直都以为这是父母给的最好礼物。

后来离开父母,去更大的一个城市读大学。

中国的大学算来应是最公平的,不管你是穷是富,有权还是无势,只要能通过国家的联考,便可享受免费的或是象征性收费的大学教育。在那一年的联考中,考了全市第一名,这为父母挣足了面子,也使吾有机会看更多的浮华。

二

大学里七个人住一个屋子。常常在图书馆待到很晚,看一些和专业毫无关系的杂书,为的是尽量少在那间小小而充满七个女孩气息的屋子里待着。一直幻想着自己能像在家一样,躲在一间哪怕是阴冷的但属于自己的屋子里安安静静地读书。

毕业后有一段日子居住在向朋友借来的房子里,很大的,只有我一个人住,因为离工作的地方太远,每天必须骑自行车一个小时去上班。这是朋友新婚后的房子,他们到外地工作,便借给吾看管。开始把印象里所有家的浪漫情调在朋友的婚房里尽情展示。可惜没有人来欣赏,也没有信心让人看到吾关于家的概念,他们一定会笑掉大牙,亦或许吾从小自娱自乐惯了。

一日半夜时分,有人来敲门,那好像第一次有人打扰,从睡梦中惊醒,神情恍惚地打开门,门外站着一个陌生人。他说出了一个很奇怪的名字。迷迷糊糊说你找错地方了。那人用疑惑的眼光看我很久,然后走了。

转天醒来时,吓了一身冷汗,至此便在半夜里常常醒来,然后听到很奇怪的声音,便越发恐惧起来。第一次有了那种强烈的恐惧。常常想即使死去,也许若干天才会有人发现,每次想起,便觉得那新房原本不该让吾打扰暂居的。

于是突击搬家,弄干净、清理了所有的装饰,搬回了天津日报集体宿舍。宿舍虽破旧却坐落在一座特别有名的大院里。那个大院称之为张园,据说是孙中山北上和末代皇帝溥仪逃难的行宫。

许多的夜晚,都像一个夜游神一样在那个大院里四处走动,寻找两个名人留下来的蛛丝马迹。明明知道一切原本已烟消云散,却有些不甘心,以为自己有一天会和他们的灵魂相遇。这说来是笑话,却令吾欲罢不能。大院守备森严,住在里面的人亦像文物一样被一级看管着,真有些荣幸。

宿舍真真是像文物一样的陈旧,竟有些摇摇欲坠。三个人住在一起。虽然上班时风光体面,回到宿舍却是嘈杂和阴暗潮湿。朋友来看吾,亦要填什么卡接受盘查才能进来,原以为多么的尊贵,进来方知住的竟是危楼暗屋。

于是想逃脱这份受保护的荣幸。开始四处寻觅,第一次租房子。这在当时的中国并不流行,报纸上根本查不到房屋出租的消息。

在工作的地方附近找到一间破屋子,坐落在一个几十户人家居住的大杂院里。屋顶出奇的高,房上有一个大大的玻璃天窗。每天太阳都透射进来,落下斑斑驳驳的影子。常有野猫狗从天窗上飞快地跃过,有时甚至肆无忌惮地坐在天窗上看吾在屋子里的动静。

大院里很嘈杂,然而那间小屋一旦关起门来便安静得出奇,花了一天的时间,请人刷白了,又扫干净了地,铺了很厚的几层报纸,然后把一块墨绿色的地毯铺满全屋,一切便成了。里面的家具只是一个很大很高的书橱和许许多多的坐垫。

以为自己有了一个安静写字的地方,可奇怪的是,在主宰小破屋的日子里,竟然没写出一个字来。常常有大学的朋友过来胡侃神聊,大家席地而坐,尽情抨击时弊,用电热壶给他们烧了水,沏了茶,冲了咖啡,真真是清茶待友,君子之交。大家聊完便走,走时纷纷说又辛劳吾了。知道他们均是只说不练,还不是吾来收拾残局。

也许注定是这种辛苦命,乐此不疲。那个大城市大家都住得局促,能找到一个地方做聚会的据点并不容易。常常在他们走后,靠着墙壁看书橱里的书。庆幸自己还能找回一个宁静的心情。

后来常常要待在北京和其他的许多地方,便将小屋退了,里面的东西也送人了。不知那小屋现居何人?不过又听说那里的平房已被推翻,开始建高尚住宅。谁知道呢。

三

到新加坡时住在一起的是大学校友。只是将屋子称之为大学宿舍而已。又是另一间的霉屋。

在十六楼,且是木地板,然而箱子里还是有一种潮乎乎的味道。

朋友回国度假的时候,霉屋里静极了,坐在屋子里一块很小的地毯上,听着卡本特的《昔日再来》,许多的往昔便盈满了霉屋。

也许注定还是要在霉屋住很久。

人真是很奇怪,有时忘掉了许多大事,却对一些陈芝麻烂谷子的小事念念不忘,有时甚至还要拿出来在太阳底下暴晒一通,告知天下。

让霉屋也曝一曝吧。

豫语乡音

《一九四二》,一个沉重的话题。和刘震云牧野同城,也便时时疑惑豫地缘何总有那许多的苦痛。原本这中原之地初始既是兵家重地,已经历这许多的历练,留下的,均是文化的渊源沉淀和悲苦的历史。电影很压抑,画面煽情,豫语萦耳,这乡音中满是往日中原之满目疮痍和历史之韵。

写作是一项孤独的事业,在很多的时间必须控制自己抵制休闲的诱惑,本来可以在夕阳下散步,或是懒散地坐着看电视,或是和家人在电话上闲聊,还有在网上惬意地读网球的赛事,那是多半时间都会做的事。然而还有更想做的事。从小对写作之冲动,常常被懒惰的情绪驱走。然而并不喜欢孤独,不过,要让心灵不受精神境界的困扰,总是要做些与众不同的事情来,如费德勒在阳光下超常的训练才可以赢得大满贯一样。

从小就有些和别人不太一样的想法。还不会说话的时候就被父母送到乡下的姥姥姥爷家,直到七岁该上学了才回到城市。那乡下的地方叫沟西庄,常常想自己应该有那浓重的河南农村土音。很奇怪没有。很多的时间都在电话线上,常常被人猜错来自哪里,几乎没有人可以猜出来。也许因自己走过了太多的地方,已经融入一种世界音了。

不记得儿时自己怎样讲话,小学时也许讲河南话。初中上了一所重点中学,学校里有很多同学讲普通话,也开始拒绝讲河南话。家里的人总是笑话俺,以为俺在作怪。总以为那时有很多叛逆的想法,或是因读书太多有些痴人的臆想。

其实现在想来唐宋中国盛世时河南话也许是国语呢,那时也许举国上下都学着那些皇亲国戚说着地道的豫语。也许更早在黄帝时代,或是殷商时代河南腔便已是国语,在中原盛行了。可叹文字可以延续,语音却无从考证了。可惜彼时以为河南话是很土得掉渣的方言,以为只有不说河南话,才可以摆脱故土之城的束缚。想来都是无稽之谈。若干年后更觉自己太单薄,不再以为一语便可改变人生。

在美国认识一对河南来的夫妇,安阳来的,古都的移民。他们很是投缘,似乎有一见如故的感觉,因是老乡。他们和俺说普通话,但听到他们私下里却讲河南话。他们的女儿是在美国长大的所谓香蕉儿童,但对语言的运用自如令人称奇。这个性格活泼的女孩跟我说字正腔圆的北京话,跟老美说地道的英语,和她父母讲纯朴的河南话。场合切换得体让俺感怀。

那年七月回家,母亲特地从河南赶到上海的机场接吾。小弟在上海混得不错,开着车载母亲前来。母亲还是一口纯正的河南话,吾讲着普通话,小弟和母亲说河南话,和吾说普通话。初时没有意识到此点,从上中学起便开始和家人讲普通话,已经成习惯,似乎觉得自己如此才文明许多。后来意识到小弟口音的切换,便问小弟为何这样讲话,小弟淡淡地说了一句:没有什么,只是觉得这样和老妈讲话比较亲切。

忽被触动了神经,就像那河南夫妇的小女孩令俺感怀一般。小弟已经在上海多年,普通话语音已相当标准纯熟,他却很享受乡音带给他的故土根的亲切。俺这些年在外边流浪太久,似浮萍,以为自己可以高出水面,却忘了浮萍的孤独了,那是无根的独自飘零。

忽然很想讲河南话。回到河南老家,有意识的和哥哥讲河南腔,哥哥乐得前仰后合,莫名其妙地调侃我说:"你太南腔北调了,别刺激我的耳朵了。"小时候曾那样拒绝的乡音,如今令俺有一番新的感悟。

回家前离开美国的时候,给老丹留的电话有母亲家里电话和哥哥手机。一次老丹打电话到母亲那里找不到吾,他又给哥哥打电话,老丹除了说一个中国词"你好",便只能讲英语说他要找吾。哥哥知道是谁在电话那端,可是他也是除了讲一句"how are you"之外,就只能用中文说吾不在那,回来再打来吧。很奇怪的是他们彼此都知道对方在讲什么,尽管讲着不同的语言。

后来哥哥把这个段子当笑话讲给大家听时,小弟问他和老丹讲中文的时候,是说河南话还是普通话,哥哥很认真地想了想说,他讲的应该是普通话。都把我们笑得喘不上气了。

哈,可惜美国生长的老丹这辈子都不可能理会国语和豫语之差别了。

后来每次给母亲打电话时,都开始和她讲河南话。母亲说吾讲什么话她都觉得悦耳。也是,俺从来没有像现在这样觉得豫语是如此动听,只因为,它是乡音,是出世时听到的第一种语音,是自己无法释怀的,无论现在讲什么英语或是华语。

重回北京

青春独有

重回北京,在深秋初冬雾蒙蒙阴霾霾中。刚在九月回故土目睹小弟的世纪婚礼,白驹过隙再次回国,还是充满憧憬。只是行色匆匆,跟着美国官方代表团访华,便被北京排外了一把,旅程几乎充满梦魇。京津的老天爷虽赏脸地揭下几天面纱,阳光羞涩地透着暮霭露了几脸,却是冬日枯木情怀,绿意是转年期待。记录下来,也算年末中国记忆。

从纽约到北京,十四个小时似乎隔世,穿越时空,落地后,凭空消失了十三个小时。到了京城便水土不服,整个肠胃被细菌搅得不能存东西,人虚得如落叶。原本在美国时千思万想的中国美食,在眼前变成了水中月，只能让眼睛过瘾。更悲催的是人到了，行李还在原地睡觉。美联航的一声对不起，便这般裸飞了一把。早上坐火车去天津，行李车将代表团的行李运往天津。忽然司机打来电话，说北京到天津的高速封路了，因为大雾。很担心晚上又没有行李了。一件行李在机场睡觉，另一件行李被大雾锁在京津高速。旅行之殇。

忽听说高速通了，但车窗外的天空灰蒙蒙的，老天一直这般吗？还是宾来才如此？很诧异。呼吸不畅。第一次知道原来一场雾也可以将高速封锁。一场风雨让纽约瘫痪，一场雾让旅人添愁。人类似乎已经成为地球的统治者，但大自然时时给这超高级生物体打哈哈：物极必反。物质充斥人欲横流，惹怒了自然，终会面临出其不意的惩罚。可怜人在旅途，胡思胡语。

抽出时间上微博，所有的界面都变得不同往常，搞得眼花缭乱，被强行升级到高版本。似乎无人可以逃脱被升级的命运。万能的微博，复杂得令人头晕。简约最美！想起自从用了微软的操作系统，就被软软绑架着强迫用户升级，以美其名曰不断创新软件，实则为赚取利润最大化。原以为是我在中国用美国英文操作系统引起的混乱，但看到博友们都被升级了，界面再无法回到从前。

总算拿到行李了，北京的天也见着太阳了。懵懂的倒时差过程也快要结束了，只是马上也要回去了。从中国大饭店窗外望出去，长安街密密麻麻趴着许多的甲壳虫，蠕蠕爬动。似乎再没有在长安街风中闲逛的情怀，被填满的，是忙碌的日程和应酬。去乡下过过悠然见南山的日子已是奢望。

又见中国大饭店，不是过客成了住客，往昔的回忆泛滥在脑海。这是香格里拉集团麾下品位极高的酒店,据说股份构成也颇有趣:北京市政府以土地入股,占百分之五十一,香氏集团以资金入股,占百分之四十九。曾经在此采访过几届高峰会议,那个当年壮着胆向李岚清副总理提问的小记者已漂洋过海留居他乡了。

那时中国有一个在世界上独一无二的政府机构:State Commission for Restructuringthe Economic Systems, People's Republic of China. 中文简称为中国国家体改委。这是一个很微妙的简称。把经济二字省去,此委似乎担任着远远超过重建中国经济体制范围之外的职责。每到春来,在北京最好的季节,此委都组织着中国经济界最隆重的盛事:中国北京国际高级经济论坛会议,英文译为 China Summit Meeting。此回是英文很微妙地省去"经济"二字。与此委合作的是美国的"国际先驱论坛"(Herald International Tribune)。此机构一向以政论大胆泼辣而在全球媒介独领风骚,而其出版的《纽约时报》和《华盛顿邮报》更是在世界新闻界举足轻重。会议地点就固定在北京中国大饭店。

一个朋友去了边疆,和谁都不联系,打电话根本无法找到,陌生电话一概不接不理,不上网无微博,几乎与世隔绝。平时唯一能问候的是发短信。回京后问起,一个旧时朋友给他发了短信,居然非常快就回了电。真是好惊喜。看来朋友就是陈年的酒,会随着日月发酵,无声无息。忽有一天开启,味蕾便被触动,友情也愈加香醇。

终要有归期,又是穿行云层,消失在天际里十多个小时。就这样风雾兼程,来去匆匆,飘来飞去。很多想见到的朋友,都在忙碌的日程中错过。时常牵挂的,便融在心中,走在哪里,都是不变的情谊。再见北京,下次的返回又不知是何年何月。

昨日重现

部六 女子・梦季

　　一晚,忽心血来潮,重读在新加坡出的旧书《中国女孩》,那书只有一篇自序,没被人推荐,没有序言,没有跋。潜然岁月流逝,心随意动,便敲下这岁月的感慨。

　　书总要有个跋文。才圆满。如人生,从起点到终点,固然是重回到起点。如生死,赤条条来,赤条条去,总要有对称。老丹总很在意这黄金对称,左和右,前和后,上和下,里和外,家中到处都是他完美的印迹。幸亏他有洁整癖好,便宜了我去时空幻想完美的文字,活得很不真实。

　　十多年前的集腋成裘,忽一口被翻出,从拓印的书本文字变成了数码,原本不过是0和1的枯燥组合,却有了这千变万化的美丽。日子就在枯美中消失了十多年。恍如隔世和再生。好不可思议,十多年就这样不经意逃之夭夭。那时还是少年不识愁滋味,为赋新词强说愁。而今识尽愁滋味,欲说还休。辛弃疾早早就将我的心思说透。气盛时从来没有想有个跋文,便让那个中国女孩匆匆面市了,素面朝天。从此再不近书缘,以为可以消隐在凡尘,无欲无求。

一场浮华美梦。若干年后经历了许多许多,浅和深,风和雪,眼前和天边,忘记的和烙下的,欲说还休,没有了青春的驿动。

不过是匆匆再匆匆,只有当下。

没有勇气去面对中国女孩的文字,以为岁月会将她埋没。某一日读张爱玲,看到的落款是写于1944。有些文字便如红酒,会随着日月让人沉醉。伊是来自中国的精灵,如圣荷般。飘落到美利坚重归凡尘,流离失所,伊卒于1995年9月8日。恰是吾去新加坡的那年不日。灵魂附体。

在南开时不知从哪里获得一盘卡朋特(Carpenter)的磁带,那个美国外教一词一语默写下来歌词,不过是二十六个字母的组合,便有了生命和思绪,搅动得神经不得安宁。如今已经熟滥地用着那些字母,远渡重洋,反而为象形文字感怀渴望起来。

走过千山"外"水,月依然是故乡明。

写这些字时,不知该如何收尾,泪水无知无觉滑落,无声无息。依然没有脱敏,为失去和逝去的岁月。耳边飘着一曲歌,还是青春时听来的,依自己对外水和内山的诠释对英文歌词重新翻译,就让思绪停留于此。便是昨日重现了。

《昨日重现》YESTERDAY ONCE MORE

When I was young	曾经年少懵懂时
I'd listen to the radio	酷爱聆听收音机
Waiting for my favorite songs	静等最爱之歌启
When they played I'd sing along	随之绕萦而唱吟
It made me smile	令吾微笑满面释
Those were such happy times	往昔怡悦时光忆
And not so long ago	恍如昨日近咫尺
How I wondered where they'd gone	吾心惆怅何处逝
But they're back again	忽却日月重归及
Just like a long-lost friend	恰似久未晤知己
All the songs I loved so well	嗜彼歌一如往昔
Every Sha-la-la-la	声声莎啦啦啦吟
Every Wo-o-wo-o	声声喔哦喔哦音
Still shines	依然闪怀亮痕迹
Every shing-a-ling-a-ling	声声唱啊铃啊铃
That they're starting to sing	彼人伊始唱咏时
So fine	如此欢畅萦耳音
When they get to the part	唱至彼节醉心词
Where he's breaking her heart	他令伊肠断心溢
It can really make me cry	令吾潸然泪如雨
Just like before	皆事恰一如往昔
It's yesterday once more	昨日重现今朝至
(Shoobie do lang lang)	无比惆怅无可诉
(Shoobie do lang lang)	无比惆怅无可诉

Looking back on how it was in years gone by	回首岁月如梭逝
And the good times that I had	吾曾拥欢乐光阴
Makes today seem rather sad	令如今悲感如斯
So much has changed	方知万事更变异
How was it changed	面目全非在目历
It was songs of love that I would sing to then	往昔情歌最爱嗜
And I memorize each word	字眼拳拳皆铭记
Those old melodies	彼昔旋律古浪迹
Still sound so good to me	悦耳炫目勿可比
As they melt the years away	融化岁月漫天日
Every Sha-la-la-la	声声莎啦啦啦吟
Every Wo-o-wo-o	声声喔哦喔哦音
Still shines	欢畅朗朗依如斯
Every shing-a-ling-a-ling	声声啊铃啊铃音
That they're starting to sing	彼人伊始吟唱际
So fine	欢畅朗朗依如斯
All my best memories	吾俱之美嘉回忆
Come back clearly to me	栩栩如生浮脑际
Some can even make me cry	令吾潸然泪如雨
Just like before	一切恰一如往昔
It's yesterday once more	昨日重现今朝至
Every Sha-la-la-la	声声莎啦啦啦吟
Every Wo-o-wo-o	声声喔哦喔哦音

Still shines	依然闪怀亮痕迹
Every shing-a-ling-a-ling	声声啊铃啊铃音
That they're starting to sing	彼人伊始吟唱际
So fine	欢畅朗朗依如斯
Every Sha-la-la-la	声声莎啦啦啦吟
Every Wo-o-wo-o	声声喔哦喔哦音
Still shines	依然闪怀亮痕迹
Every shing-a-ling-a-ling	声声啊铃啊铃音
That they're starting to sing	彼人伊始吟唱际
So fine	欢畅朗朗依如斯

写于 2012 年 7 月 22 日美国费城，更诗于 8 月 1 日

跋

2013，于敝人不同寻常，吾之第一部长篇小说《美漂》由作家出版社发行出版，竟然有了粉丝。他们在微博博客上留言，希望阅读到更多的作品，问吾之前有没有出版过别的书，可以找来一读。还有些读者不知从哪里得知，吾之前曾在新加坡出过两本书，并对其中的《中国女孩》顾名思义很是好奇，问哪里可以寻得。

多年前，曾经在新加坡出版过两本书，并没有电子版，那些青春的文字从此被尘封，如养在深闺之中的麟女，很少有人目睹其芳容。

2012年时，有人将《中国女孩》的书稿重新打成电子版，吾便将书里的文章贴在博客里，不时有人告诉吾，说那些文字很像三毛的风格，希望能再结集在中国出版。有些青春读者不停地留言，说每一篇似乎都似乎她们正在经历的，读来很有共鸣。总是笑笑，觉得那些青春期的文字，只是留给自己的一个回忆，最好不要触动。

当年岁末回了国，见到昔日的报界同事，一多年老友说有份礼物送给我。一份很意想不到又珍贵无比的礼物。一枚精致的盒子，里面有两盘DVD，是吾所有曾在《天津日报》上发表的文章，无论巨细长短，均收于此。短短几年报人生涯，竟然码了那么多字，很吃惊。一篇篇要找出来，刻成盘送吾，要花多少时间啊。忽然泪眼潮湿，哥们姐们在这么多年以后，还如此有心，友谊真是如醇酒，天长地久。

回到美国，有一日重读那个光盘，里面有些文章，现在阅来，还是很有意思，记忆似被打开的尘封之窗，昔日之时光肆无忌惮地跑出来，盈满了脑髓。那是一个逝去的时代，曾刻骨铭心的，如不梳理，也会被时光消磨，终有一日会被遗忘。

于是将那些文字和《中国女孩》的文章做了下整理，集成这本《青春独有》。旧文生涩，却是青春的真情流露，记载了读书季，和初入记者行岁月的点点滴滴。泛黄的记忆，勾起旧时烟雨，少女情怀。

仅以此书献给莘莘少男少女，献给心中的青春。流金时光，忆往昔峥嵘岁月稠。岁月如歌，似风驰电掣，青春者但求无憾。

青春逝在指尖，却永驻心中。

胡曼荻

2013－06－29

本书定稿于甲午年五月初九

于美国梦湖轩

图书在版编目（CIP）数据

青春独有/胡曼荻著.-上海：上海文艺出版社.2015.6
ISBN 978-7-5321-5683-2
Ⅰ.①青… Ⅱ.①胡… Ⅲ.①散文集-中国-当代
Ⅳ.①I267
中国版本图书馆 CIP 数据核字（2015）第 108086 号

责任编辑：林雅琳
封面设计：钱　祯

青春独有
胡曼荻 著
上海世纪出版集团
上海文艺出版社 出版
200020 上海绍兴路 74 号
上海世纪出版股份有限公司发行中心发行
200001 上海福建中路 193 号 www.ewen.co
上海华教印务有限公司印刷
开本 890×1240　1/32　印张 8.25　插页 2　字数 179,000
2015 年 6 月第 1 版　2015 年 6 月第 1 次印刷
ISBN 978-7-5321-5683-2/I・4527　　定价：30.00 元

告读者　如发现本书有质量问题请与印刷厂质量科联系
T：021-66243241